KB190018

오늘도 하루짜리 여행을 떠나는 직장인들에게

아빠와 가로등

오늘도 하루짜리 여행을 떠나는
직장인들에게

아빠와 가로등

초판 1쇄 인쇄일 2025년 2월 17일
초판 1쇄 발행일 2025년 2월 27일

지은이 김병연
펴낸이 양옥매
디자인 송다희 표지혜
교　정 조준경
마케팅 송용호

펴낸곳 도서출판 책과나무
출판등록 제2012-000376
주소 서울특별시 마포구 방울내로 79 이노빌딩 302호
대표전화 02.372.1537　**팩스** 02.372.1538
이메일 booknamu2007@naver.com
홈페이지 www.booknamu.com
ISBN 979-11-6752-593-2 (03810)

오늘도 하루짜리 여행을 떠나는 직장인들에게

아빠와 가로등

김병연 지음

책과나무

서문

하루는 인생의 축소판이다.

직장인의 하루는
당일치기 여행과 같다.
그 하루하루가 모여 인생이 된다.

모든 여행은 즐거워야 한다.
그런데 그 여행은 힘들 때가 많다.
일 때문이다.

'일이 즐거우면 천국이고
일이 괴로우면 지옥'이라는 것을
아파트 앞 가로등 불빛이 말한다.

다음 생이 있다면
나는 가로등 불빛이 되고 싶다.

우리 아이들이 금세 커서 직장을 갖고

그 하루의 지친 몸으로 아파트 앞을 들어설 때
가장 먼저 포근하게 어깨를 감싸주는
가로등 따사한 불빛이 되고 싶다.

그런 마음으로
먼저 직장인이었던 꼰대 아빠가
직장인이 될 Z세대 아이에게
이야기하는 형식을 빌려
직장인에 삶에 대해 말해주고 싶다.

그와 더불어
직장에서 가장 열심히 일하면서
아직 어린 자녀는 물론
벌써 늙어버린 부모님까지
늘 마음을 놓을 수 없는
3~40대 직장인들의 삶을
위로하고 싶다.

누구나 삶의 한구석은 짠하지만
날마다 그 구석에 햇살 가득하면 좋겠다.

차례

2 분주한 하루

3 허무한 저녁

4 꿈꾸는 가정

5 나누는 인생

1   눈부신 아침

■ The early Papa

아버지는
새 보다 일찍 일어나셨다

"아버지는 새보다 일찍 일어나셨다" 어디선가 본 이 한마디에 울컥 했어. 짠한 옛 어르신들 생각에… 종합 영어책에도 나와. '일찍 일어나는 새가 벌레를 잡는다(The early bird catches the worm)'라고. 이를 비꼬아 '일찍 일어나는 새는 피곤하다'고 말하는 사람도 있어. 아마 잠이 덜 깬 사람이 하는 말일 거야. 사람은 늘 부지런해야 해. 부지런의 대명사 정주영 회장님도 말했지. 일근천하무난사(一勤天下 無難事), '한결같이 부지런하면 천하에 어려움이 없다'고… 사람이 부지런하지 않고 되는 일이 나이 드는 일 말고 또 있을까?

♣ 일찍 일어나기만 하면 하루는 길고 성과도 크다(조지 로프)

■ 새벽의 탄생

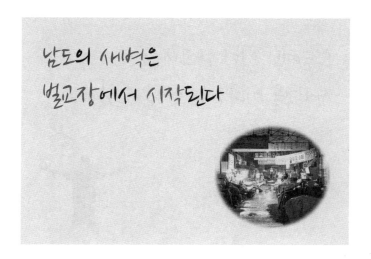

남도의 새벽은
벌교장에서 시작된다

스무 살 때 겨울방학을 맞아 시골집으로 책을 부쳤어. 공부
도 안 할 거면서 괜히 폼만 잡은 것이지. 기차를 타고 열 시
간도 넘게 걸려 벌교역에 내렸더니 새벽 세 시. 다시 낙안
행 버스를 타야 하는데 첫차가 여섯 시에 출발이라 세 시간
은 기다려야 했어. 아직 깜깜한데 날씨도 추워 힘들어 하다
가 불빛이 새어 나오는 쪽으로 무작정 걸어갔더니 벌교 시
장이었어. 드럼통에 장작불을 피워 추위를 녹이면서 상인
들마다 장사 채비를 하느라 겁나게 분주하게 움직이고 있었
지. 그때 알았어. 아! 새벽은 시장에서 시작되는 것이구나!

♣ 아침을 다스리는 자는 하루를 지배한다(아르투르 숄첸발트)

17

■ 아침형 인간

> 요즘에도 일이 하고 싶어
> 새벽을 기다리는 사람이 있지

아침형 인간은 아침에 더 활동적이고 생산적인 반면, 저녁형 인간은 저녁이나 밤에 더 에너지가 넘치는 사람들이야. 사실 '아침형'이든 '저녁형'이든 자기 체질대로 잘 살면 그뿐이지. 그래도 프리랜서나 재택근무를 하는 사람이 아니고, 매일 출근하는 사람이라면 '아침형 인간'이 좋을 것 같아. 하루를 일찍 시작하면 좀 더 여유 있는 하루를 보낼 수 있지. 삼성그룹 사장님들 중에는 '정말로 일이 하고 싶어 새벽을 기다렸다'는 분도 계셨어. 무슨 일이든 성공하고 싶은 사람은 우선 '새벽'과 친해져야 하는 것은 맞는 것 같아.

♣ 매일 아침 당신이 하는 선택이 당신의 하루를 결정한다(시릴 코넬)

■ 밥벌이 정신

매일 취침시간은 달라도
기상 시간은 같아야 하는 법!

우리나라 남자들이 군 복무 중에는 '나라'에서 기상나팔 소리를 통해 '우리'를 깨우지. 그런데 남자가 됐든, 여자가 됐든 직장을 갖고 일을 할 때는 '내가 스스로 나를 깨워'야 해. 물론 사람들 내면에도 보이지 않는 시계가 있어서, 보통은 때가 되기 전에도 잘 일어나지만, 어떤 날은 따르릉 시계나 핸드폰 알람도 나를 깨우기가 힘들지. 그래도 일어나야 해. 그 전날 아무리 늦게 귀가했어도 때가 되면 일어나야 하는 것이지. 취침 시간은 달라도 기상 시간은 같아야 한다고 할까? 그것이 '직장인 정신' 혹은 '밥벌이 정신' 아닐까 싶어.

♣ 성공은 정해진 시간에 일어나는 데 있다(조지 워싱턴)

■ 오만가지 생각

오늘 일에 대한
물방울 보다 많은 생각들 …

눈뜨자마자 샤워를 하다 보면 오늘 할 일들이 머릿속에 그려져. 오늘까지 끝내야 하는 일, 상사에게 보고 할 일, 다른 부서 미팅, 점심 약속, 회의, 외부 일정 같은 것들 말이야. 거기에 어제 책을 읽다가 업무에 적용해 봐야겠다고 생각했던 것들, 귀가하는 차 안에서 갑자기 떠올랐던 아이디어들, 그리고 지금 막 떠오르는 생각들까지… 머리를 박박 문지르며 세찬 물줄기에 잠 기운을 털어 내면, 뭉개진 옷을 털 때 일어나는 보푸라기나 먼지보다 많은 생각들이 물방울과 함께 마구마구 솟구치면서 빨리 회사에 가자고 재촉을 해.

♣ 당신이 생각하는 것이 당신의 삶을 결정한다(마르쿠스 아우렐리우스)

■ 가오(かお)만사성

형식이 실질을 지배하듯이
외양은 내면을 말해 준단다

'미모 프리미엄' 알아? 미국에서 3,600명을 대상으로 외모와 임금 관계를 살펴봤더니, 잘생긴 사람은 못생긴 사람에 비해 남성은 14%, 여성은 9%가 더 높았다고 해. 외모가 임금에 영향을 미친다는 것. 외모는 수입뿐 아니라 대인관계나 승진에도 영향을 미친다는 연구 결과도 많아. 실제로 겉모습은 그 사람의 마음 자세를 비추는 거울일 수도 있어. 복장이 불량하면 군기가 빠진 것이지. 항상 겉모습이 후줄근하다면 너의 위대한 내면을 누가 알겠니? 가꿔야 산다. 성형외과들이 항상 호황인 것도 다 그 때문 아니겠니?

♣ 외모는 자신을 표현하는 하나의 언어이다(크리스찬 디오르)

■ 출근 보고

아빠 회사 갔다 올게!
오늘도 좋은 하루 되고···.
뽀뽀!

집을 나설 때면 아이들은 아직 자고 있어. 아이들의 숨결을 느끼며 걷어찬 이불을 덮어 주고, "상당히 예쁜 우리 딸!" 하며 자고 있는 아이들 얼굴에 뽀뽀를 해. 그것으로 내가 가꾸고 돌봐야 할 가족 사랑을 대신하는 것이지. 그리고 "아빠 회사 갔다 올게!"라고 말한 후 집을 나서면서 그 말에 알 수 없는 책임감을 느껴. 언젠가는 "갔다 올게" 해 놓고 돌아오지 못할 수도 있어. 집을 나섰다가 무슨 일이 생길지는 아무도 모르거든. 하지만, '아직은 아니'라고 하는 불확실한 믿음이 없다면, 오늘을 어떻게 살아낼 수 있겠니?

♣ 삶이 있는 한, 희망은 있다(키케로)

22

■ 즐거운 여행길

회사 출근 & 귀가
어쩌면 하루짜리 여행 아닐까?

회사 출·퇴근이 당일치기 여행 같지 않아? 그 여행은 매일 여행지가 같아서 지겹기는 해. 또, 내 마음대로 하고 싶은 일을 할 수 없어. 오너가 아닌 이상 누군가의 지시를 받아야 하니 짜증도 나고 힘겨운 일도 많지. 그러나 돈을 쓰는 여행이 아니라 돈을 버는 여행이야. 그것도 오래 여행을 하면 더 많은 돈을 벌 수 있어. 또, 경험과 실력이 쌓이고 사람을 얻는 여행이기도 해. 여행은 남들을 통해 더 커진 나를 발견하는 일이야. 이왕이면 즐겁고 재미나게 하루를 보내면 하루치만큼 더 커져서 집으로 돌아오게 되지 않을까?

♣ 매일 출근할 때마다 오늘 하루도 최선을 다하겠다고 다짐하라
  (에이브러햄 링컨)

■ 기행문을 쓰자

혼자 떠나 여럿으로 살다가
다시 혼자가 되어 돌아오는 여정

· 도입 : 오늘에 대한 기대, 설렘
· 본문 : 여정, 견문, 감상
· 마무리 : 오늘의 교훈 & 반성 같은 것

매일 회사를 오가는 것이 하나의 여행이라면 기행문을 써 보는 것도 좋을 것 같아. 아침에 집을 나와, 혼자 회사로 가서 여러 사람들과 어울려 일을 하고, 저녁이면 다시 혼자가 되어 집으로 돌아오는 여정! 기행문이 별 것 아니야. 수첩을 펴고 왼편에는 하루에 일어난 일들을 적고, 오른편에는 그때 떠오르는 느낌을 적은 뒤, 저녁 때 그날을 마무리하는 소감 정도를 적으면 되는 것이지. 그렇게 소소한 일상의 기록들이 모이면, 나중에 <열하일기>에 비할 바는 아니더라도 나만의 <회사일기> 정도는 낼 수 있지 않을까?

♣ 삶은 여행이고, 우리는 저마다의 일기를 써 내려간다(안데르센)

■ 가슴을 찌르는 햇살

너 오늘 좀 잘 살아봐!
짜증 대신 미소,
투덜거리지 말고 대안을 …

집을 나서면 싱싱한 아침 햇살이 가슴을 콕콕 찔러. 햇살이
말하지. "너 오늘 좀 잘 살아봐!", "아야! 너만 힘든 것 아니
다!", "웬만하면 성질 좀 죽여!", "무엇보다 너 자신과 잘 사
귀어 봐!", "너 안에 답이 있다(U-Dap)고 하잖아?" 같은 말
들. 그럼 괜히 기분이 Up 되어 발걸음이 가볍지. "그래! 오
늘도 잘해 보자!", "나의 모든 적들은 오라! 시련의 바다 중
구 태평로로…", "다 같이 즐겁게 한 판 뜨자!" 옛날 전쟁터
에 무수히 쏟아지던 화살 같은 햇살의 격려와 내 안에 솟구
치는 다짐으로 요즘 시대 전쟁터 같은 회사를 가는 거야.

♣ 모든 날이 좋은 날이 될 수는 없지만 매일 좋은 것을 찾을 수는 있다
　(앨리스 모스)

■ 오늘을 위한 바람

따지고 보면
별일 없음이 가장 큰 행복이야
그저 오늘도 무사한 날이면
좋지 않겠니?

해를 보며 나도 그날의 바람을 말해. '오늘도 무사한 날이 되게 해 달라'고 부탁을 해. 옛날 시골버스에는 운전석 위편에 그림이 하나 걸려 있었어. 어린 소녀가 두 손을 모으고 기도하는 모습 위에 '오늘도 무사히'라고 쓰여 있었지. 생각해 보면, 행복은 큰 게 아니고 단지 하루하루의 무사함에 있는 것 같아. 진짜 행복한 사람은 높은 위치에 있지 않고 매우 평범한 사람들 중에 있어. 가족들이 다 건강하고 화목한 사람 말이야. 그처럼 하루하루 평범하고 무사한 날들이 모여 행복한 인생이 될 수 있기를 소원하는 것이지.

♣ 행복한 삶은 사소한 순간의 기쁨을 발견하는 데 있다(헬렌 켈러)

■ 혼자 떠나는 여행

아이들 배웅할 때 그 많던
아줌마들은 다 어디 갔을까?
남편들 출근할 땐
한 명도 안 보이네!

통근버스를 타고 같은 여행길에 나설 사람들이 하나둘 아파트 밖으로 나와. 그런데 그 하루 힘든 여행길에 나서는 남편을 배웅하는 아내는 딱 한 사람 있어. 어느 분 아내는 매일 남편의 손을 잡고 통근버스 앞까지 와서 남편에게 가벼운 입맞춤을 하고 집으로 돌아가. 매일 겁나게 부러웠지. 그분 남편만 남의 편이 아니라 자기 편이었을까? 그러던 어느 날, 휴가를 얻어 쉬면서 창문을 내다보니, 아이들 학교 갈 시간이 되자 아줌마들이 구름 떼처럼 쏟아져 나왔어. 남편의 아내는 사라지고, 아이들의 엄마만 남은 것일까?

♣ 좋은 아내는 남편의 인생을 빛나게 한다(에이브러햄 링컨)

27

■ 통근버스

매일 아침 인부들을
일터로 실어 나르는 소임이
어찌 가볍다 할 것인가?

매일 아침 아파트 앞에 대기 중인 통근버스. 회사가 고마운 이유 중 하나야. 돈 많은 회사라고 모두 통근버스를 운영하는 것은 아니니까. 직원들을 배려하는 마음이 깊어야 할 수 있는 일이야. 매일 아침 여행객들끼리 솔로(Solo)로 만나서 무덤덤한 인사를 나누고 통근버스에 오르지. 오늘 뭔가 잘 안 풀리면 집 밖에 나선 대가를 치러야 할 것이고 상당히 긴 여행이 될 거야. 출발을 앞두고 붕붕거리는 버스에 앉아 아파트 정문 옆에 당산나무처럼 서 있는 소나무에 오늘 뭔가 좋은 일이 생겼으면 하는 바람을 눈으로 새겨 봐.

♣ 통근버스는 매일의 여정을 함께하는 믿음직한 동반자다

■ 꿀잠

어디서나 잘 자는 사람들!
하루 세 번 자면 세 배로
행복할 것만 같은 사람들…

일터를 향해 버스가 움직이기 시작하면 대부분의 여행객은 금방 잠이 들어. 어젯밤에도 잤을 텐데 통근버스에서 아침, 저녁 두 번을 더 자는 것. 나는 반드시 깔고 덮어야 잠이 오는데, 이렇게도 쉽게 잠이 들다니 진짜 부럽지. 삶은 곧 고통인데, 잠은 잠깐이라도 그것을 잊게 만들어 주는 것 같아. 잠은 피곤한 삶에 대해 하느님께서 주시는 보상일까? 그런데 나는 삶이 덜 피곤한 건지, 하느님도 외면하시는지 잠이 잘 안 와. 하루에 세 번 자면 인생이 세 배로 행복할 것만 같은 사람들. 어디서나 잘 잘 수 있는 것도 큰 복이야.

♣ 잘 자는 것이야말로 최고의 보약이다(벤자민 프랭클린)

■ 독서

하루라도 책을 읽지 않으면
입안에 가시가 돋는단다
그럼 애들 뽀뽀도 못하잖아?

덜컹대는 버스의 파동을 타고 책을 읽어. 일일부독서구중생형극(一日不讀書 口中生荊棘)이 두려운게 아니라 매일 그렇게 하다 보니 벌써 습관이 됐어. 회사원이니까 경제나 경영, 리더십 관련 책들을 많이 읽지. 그리고 책에서 배운 것들을 회사 업무에 적용해 보려고 애를 써. 잠깐 창밖을 내다보면, 금방 읽은 글들이 현실이 되고 미래가 되어 뛰어다녀. 어떤 것들은 너무 빨리 달려 따라갈 수가 없어 보이고, 또 어떤 것들은 첩첩 빌딩 숲속으로 몸을 숨기며 나 찾아봐라 그래. 그냥 잠이나 잘 걸 괜히 혼자 쇼를 하는 것이지.

♣ 책을 읽는 것은 다른 사람과 살아가는 것이다(월트 휘트먼)

■ 광고 꽃이 피었습니다

출근길에 보이는
광고 글귀들만 잘 엮어도
책 하나쯤 거뜬하지 않을까?

고속도로 밖으로 수많은 광고판들이 보여. "왜 고민하십니까, 기도할 수 있는데…"부터 "길을 만든다", "연결의 힘을 믿습니다" 그리고 "바늘에서 우주선까지" 같은 상큼하고 세련된 문구들이 눈길을 붙잡아. 사람의 욕망을 자극하는 첨병들이지. 그걸 보며 우리 회사 광고 문구도 떠올려 봐. 외부에 돈을 많이 써서 카피를 맡겼을 텐데 왠지 2% 부족한 느낌도 있고… 내게 맡겼으면 이런 식으로 만들었을 텐데 아쉽다는 생각도 해봐. 파랑새는 안에 있는데 말이야. 아무튼 좋은 카피들만 잘 엮어도 금방 책 한 권은 될 것 같아.

♣ 광고는 소비자와의 대화이다(데이비드 오길비)

▪ 공장 도착

통근버스에서 내리자마자
환풍기 같은 회사 속으로
빨려드는 사람들

목적지에 도착한 통근버스가 여행객들을 풀어놓으면, 순식간에 환풍기 같은 회사 건물 속으로 빨려드는 사람들. "아니! 금방까지 잠자던 사람들이 날래네? 뭐가 저렇게 급할까? 회사에 우렁각시라도 숨겨놨나?"와 같은 생각을 하며 한 번 웃어봐. 그리고 속으로 말해. "저렇게 들어간 여행객마다 또 하루의 체험을 쌓고, 자신만의 감흥을 적겠지? 그리고 다음 날도, 또 그다음 날도 날마다 새로운 기록을 만들 거야. 그런 식으로 계속하다 보면, 한 인간의 삶도 인류의 역사만큼 장엄할 수 있다는 사실을 발견하지 않을까?"

♣ 직장은 단순히 일하는 곳이 아니라 자신의 가치를 증명하는 무대이다
  (나폴레옹 힐)

■ 가판대 아저씨

좁은 가판대 안으로
몸을 낮춘 지 수십 해!
작은 깨달음 하나쯤
얻지 않았을까?

회사를 오가며 익숙해진 삶들이 있어. 일주일에 두세 번 구두를 닦아 주는 아저씨, 거의 매일 들러 책을 사는 PX(소비조합) 사장님, 세상에서 가장 맛있는 순두붓집 아주머니…. 그중 한 분인 가판대 아저씨. 요즘은 장사가 잘 안 되는지 가판대 옆에 무슨 열쇠를 주렁주렁 달아 놓았어. 좁은 부스 안에서 바라보는 세상만으로도 깨달음을 얻어, 무슨 일이든 실마리를 제공할 수 있게 된 걸까? 오늘도 눈인사를 하며 가슴 한 쪽이 뭉클했어. 그분 머리가 벗겨지고 흰머리가 느는 동안 내 귀밑에도 한 가닥 서리가 내렸기 때문이지.

♣ 세상은 끊임없이 변하지만 성실함은 언제나 빛난다(워렌 버핏)

■ 김밥집 아주머니

> 김밥만 잘 말고
> 순두부만 잘 끓여도
> 얼마든지 잘 살 수 있는 것을,
> 이게 뭐 하는 짓일까?

술 먹은 다음 날 어김없이 찾는 분식집. 그리고 점심때 자주 찾는 순두붓집. 김밥과 라면 또는 순두부를 먹으며 생각하지. "김밥만 잘 말고, 순두부만 잘 끓여도 얼마든지 잘 살 수 있는데, 뭔 염병 났다고 시골에서 올라와 비싼 사립대학 다니며 부모님 고생시켰을까? 그리고 차라리 신입사원 때 회사를 그만두고 이 순두부 만드는 것을 배워 가게를 차렸으면 지금보다 훨씬 더 낫지 않았을까?" 같은 생각을 하지. 역사에는 가정이 없듯이, 지나간 과거를 아무리 열심히 돌이켜본들 죽은 자식 불알 만지기인데, 배부른 소리일까?

♣ 작은 일에도 정성을 다하면 그것이 위대함을 만든다(공자)

▪ 모닝커피

매일 아침
내가 커피를 마시는가,
커피가 나를 마시는가?
중독의 새 이름,
아메리카노!

통근버스에서 내려 커피를 한 잔 사서 회사 근처 작은 공원으로 가. 회사에 가서 믹스커피 한 잔 타 먹을 수 있지만, 좋은 아침을 공짜 커피로 시작하는 것이 썩 마음에 내키는 일은 아니지. 아메리카노! 비싸기도 하지. "아니! 미국에서 커피가 나는 것도 아닌데 아메리카노? 우리도 '코리아노' 커피를 만들어 애국심 마케팅 펼치면 좋지 않을까?" 같은 생각이 들어. 커피도 자주 마시다 보니 습관이 돼. 때로는 '마실 게 커피밖에 없나' 싶어 일부러 다른 음료를 살 때도 있지만, 결국 다시 커피를 찾지. 뭐든지 중독은 무서운 거야.

♣ 커피 한 잔의 여유가 창의적인 하루를 만든다(호르헤 루이스 보르헤스)

35

■ 셀프 조회

너는 네 삶의 디자이너!
그리고 너 자신의
코치이자 트레이너
오늘도 잘할 수 있지?

회사 오면서 지하도 만드는 곳을 보았는데, 건설회사 직원들과 노동자들이 모여 있고 앞에서는 누가 혼자 떠들고 있더라고. 현장 소장이 조회하는 것이지. 오늘 할 일은 뭐고, 무엇보다 안전에 유의하면서 열심히 일하자는 내용이었을 거야. 평화로운 일터의 아침 조회가 참 멋있어 보였어. 나도 거의 매일 아침 공원에 앉아 나를 위한 조회를 하지. 나 자신을 객체로 놓고 한 걸음 떨어져서 나에게 말해. 나 자신의 코치나 트레이너가 되어 오늘의 계획이나 목표, 효과적인 달성 방법 등을 나에게 알려주고 용기를 북돋아 줘.

♣ 당신이 할 수 있다고 생각하든, 없다고 생각하든, 당신은 옳다(헨리 포드)

■ 하루를 위한 기도

비록 종교가 없더라도
두 손을 모으면
오늘을 살아갈 답 하나쯤
얻을 수 있지 않을까?

옛날 할머니들은 정안수 한 그릇 떠 놓고 두 손을 모아 하느님께, 신령님께, 조상님께 자식들의 무운장구(武運長久)를 빌었어. 마하트마 간디는 '기도는 하루를 여는 아침의 열쇠고, 하루를 마감하는 저녁의 빗장'이라고 그랬어. 아침저녁으로 기도해야 한다는 것이지. 나는 종교가 없어도 기도는 할 수 있다고 믿어. 나의 기도는 늘 3가지. 먼저, 살면서 잘못에 대한 용서를 빌고, 두 번째, 가족의 행복을 빌고, 세 번째, 내 딸들이 살아갈 이 나라의 안녕을 빌지. 두 손을 모으기만 해도 마음이 정갈해지고 작은 평화가 찾아오거든.

♣ 기도는 하늘의 문을 여는 열쇠이다(존 번연)

■ 회사 입장

들어가기 전에는
못 들어가 안달이고,
들어가서는
못 나가서 안달인 그곳으로
나도 쏙···

공원에 앉아 사람들을 무심히 바라보는 것은 즐거운 일이야. 괜히 미운 눈으로 그들을 바라보면, 그 시선은 비수가 되어 꽂힐 수 있어. 하지만 아무 관계 없는 사람도 귀여운 아이들을 바라볼 때처럼, 좋은 마음으로 바라보면 왠지 그들의 오늘이 즐거움으로 가득 찰 것 같아. 그리고 지나가는 사람들 모두 자기 분야에서 열심히 일을 하니까 이 사회가 유지된다고 생각해 봐. 다 고맙지. 그런 좋은 마음으로 계단을 뛰어올라, 인고의 바다, 일들의 천국, 그리고 자기 수련의 장이기도 한, 가마 같은 회사 안으로 쏙 들어가.

♣ 직장은 우리의 성장을 돕는 곳이다(피터 드러커)

2   분주한 하루

■ 사원증

개 목걸이 같은
이것 하나 얻으려고
달려온 세월이 몇 해?

회사 나와바리(なわ-ばり) 안에서 밥벌이 자격증? 회사를 출입할 때 말없이 "열려라 참깨!"를 외치고, 네가 어디를 쏘다니는지 너의 이동을 체크하며, 카드 대용으로 쓰이기도 해. 별것 아니지만 취준생들에겐 선망의 대상! 생각해 봐. 이것 하나 얻으려고 공들여온 세월이 몇 년? 유치원부터 대학 졸업까지, 또는 취업 준비 기간까지 도대체 몇 년 만에 이게 생긴 거야? 이제야 네 소속이 생겼지만 더 이상 네가 자유인이 아니라는 것도 알려주지. 시골집 진돗개 '대박이'에게 전화해야 할까? 나도 드디어 너 같은 목줄 찾다고?

♣ 작은 열쇠가 큰 문을 여는 법이다(웨일즈 속담)

■ 아버지 말씀

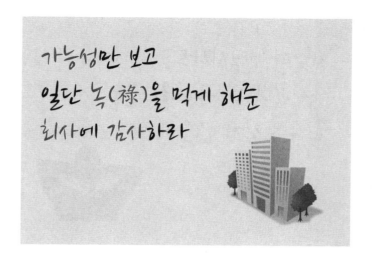

가능성만 보고
일단 녹(祿)을 먹게 해준
회사에 감사하라

아버지는 군인이나 공무원을 하셨으면 좋았을 분! '정직'과 '청렴'을 사람의 기본으로 아는 분! 삼성이 망하면 나라가 망한다고 걱정하시는 분! 결혼식 날 '우리 아들 잘 부탁한다'며 당신보다 훨씬 어린 분에게 고개를 숙이셨다고 직장 상사가 기억하시는 분! 어떤 일이 있어도 회사에 불만을 갖지 말라고 당부하시는 분! 아들이 나이를 먹어도 '너는 간부니까, 임원이니까 더욱 회사에 충심을 다하라'고 하시는 분. 회사에 입사하자 아버지가 말씀하셨지. "네가 뭐라고, 너를 믿고 뽑아 준 회사에 늘 감사하는 마음을 갖고 살아라"

♣ 부모의 가르침은 삶의 나침반과 같다(조지 허버트)

■ 꿈

비록 사원일지라도
사장보다 더 원대한 꿈을
꿀 수는 있지 않을까?

시시각각 세상이 변하는 것은 누군가는 꿈을 꾸고, 그 꿈이
이루어지기 때문이지. 새로운 문물이 쏟아져 나오고, 모든
것이 순식간에 디지털화되어 일하는 방식, 거래하는 방식,
심지어 사고하는 방식까지 바뀐 것도 누군가의 꿈이 이루
어진 결과야. 너도 그런 꿈을 꿀 수 있어. 비록 네가 사원이
더라도, 꿈에 관한 한 너는 자유인이고 창조인이야. 그래서
사장보다 더 큰 꿈도 꿀 수도 있어. 네가 일하는 회사를 '누
구나 원하는 세계 제일의 일터로 만들겠다'는 꿈 말이야! 꿈
을 꾸면 그 꿈이 너를 인도하게 돼. 일단 꿈을 가져 봐.

♣ 꿈을 꾸는 자만이 미래를 만든다(엘리너 루스벨트)

■ 욕심

어디든 네가 일하는 곳마다 높은 반열에 올려놓겠다는 욕심을 가져봐!

어떤 부서에서 무슨 일을 하든 뭔가 남다르게 해봐. 일이 됐든, 부서 문화가 됐든, 적어도 네가 있는 한 그것들의 수준을 한 단계 높여 놓겠다는 욕심을 가져봐. 무엇이든 더 좋게 만들 수 있는 방법은 많아. 늘 하던 대로만 해서는 발전이 없지. 늘 얻던 것을 얻을 뿐이니까. 보고서 한 장도 남다르게 써 봐. 무엇이든 네가 하면 다르다는 것을 알게 만들어. 네가 맡은 일에 대한 자부심 또는 너 자신에 대한 선민의식이 필요해. 그렇다고 타 부서, 다른 사람들을 배척하지는 마! 욕심은 오로지 마음속으로만 간직하는 거야.

♣ 열정을 가진 자는 불가능을 가능으로 만든다(나폴레옹 보나파르트)

■ 일꾼 정신

네가 오너(owner)가 아니라
일꾼이라는 것을 명심해라

회사원은 일을 주고 지시, 감독하는 사람이 아니라, 일을 받아서 해내야 하는 일꾼이야. 일꾼은 일을 계획하고 실행하는 데 뛰어난 사람을 말해. '꾼'이 붙었잖아? '꾼'은 어떤 일에 재주가 있거나 그것을 매우 즐기는 사람이야. 일을 잘하면 일 시킨 사람에게 사랑받을 수 있지만, 일을 제대로 못 하면 쫓겨나게 돼. 그런 사람은 일꾼이 아니라 그냥 '인부'야. 일꾼은 게으름을 피우면 안되고, 일의 시작과 결과를 자기 마음대로 판단하면 안돼. 열심히 일해서 일을 맡긴 사람이 기대하는 것 이상의 성과를 내줘야 좋은 일꾼이지.

♣ 당신의 일에 최선을 다하면, 일이 당신을 빛나게 해줄 것이다(스티브 잡스)

■ 오너쉽

네가 맡은 모든 일에는
오너쉽(ownership)을 가져라

'쉽(Ship)'은 '답다'는 것이야. 리더쉽은 리더답다, 스포츠맨쉽은 스포츠맨답다는 뜻이지. 마찬가지로 오너쉽은 실제 주인은 아니지만 '주인 같은' 의식을 갖는 것을 말해. 오너도 아닌데 뭔 주인의식? 주인의식을 가질 수 있게 주인 대접을 해 달라고? 돈이나 권한을 많이 달라고? 그럼, 회사가 망하면 주인처럼 책임도 질 거야? 좋은 것만 바라고 책임은 지지 않는 것이 주인의식은 아닐 거야. 복도에 떨어진 쓰레기 하나라도 먼저 줍고, '내가 오너, 내가 사장'이라는 마음으로 맡은 일에 책임을 다하는 것이 진짜 주인의식 아닐까?

♣ 당신이 하는 모든 일에 주인의식을 가져라(잭 웰치)

45

■ 인사

인사는 나눌수록 기쁨이 배가되는 일이고, 상쾌한 아침을 여는 시작이야. 인사를 소홀히 하면 상대방은 "저것이 나를 무시하네"라는 생각과 함께 하루 종일 기분이 나쁠 수도 있어. '좋은 아침은 챔피언의 아침 식사(Good Morning is the Breakfast of the Champion)'라는 말도 있지. 어디서나 인사를 잘하면 좋아. 다양한 연령대의 사람들이 일하는 회사에서는 더 그래. 인사를 잘 하지 않는 인사(人士)는 '뉘 집 자식인지, 누가 저딴 걸 뽑았는지' 한심한 인사(人事)라는 생각에 괜히 회사까지 미워지게 돼. 인사만 잘해도 절반은 성공!

♣ 좋은 인사는 사람을 행복하게 만든다(어니스트 헤밍웨이)

46

■ 태도

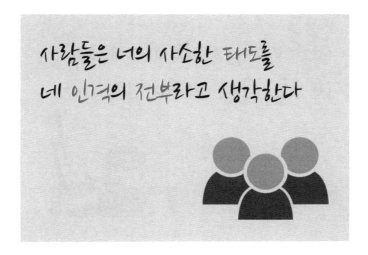

사람들은 너의 사소한 태도를
네 인격의 전부라고 생각한다

태도는 어떤 일이나 상황에 대한 입장, 마음가짐, 자세나 동작 같은 것들이지. 좋은 태도의 첫 번째인 인사의 기본은 '공손하게'야. 고개만 까딱하는 것은 인사가 아니야. 그런 인사를 받는 선배나 상사는 불쾌하지. 그러면서 '못 배운 놈', '예의 없는 놈', '인격이 형편없는 놈'이라고 생각하지. 반대로 정중하게 인사를 하면 괜히 예뻐 보이고, 가정교육이 잘된 친구라고 생각하며, 커피라도 한 잔 사주고 싶고, 뭐 하나라도 더 챙겨주고 싶지. 코끼리는 큰 산이 아니라 작은 돌멩이에 걸려 넘어진다는 것을 잊지 말아야 해.

♣ 태도가 곧 인격이다(윈스턴 처칠)

■ 내 자리

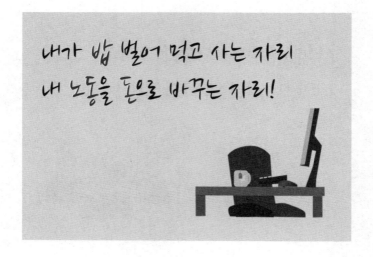

내가 밥 벌어 먹고 사는 자리
내 노동을 돈으로 바꾸는 자리!

내가 일하는 자리를 보면 눈물이 날 때가 있지. 내가 그 자리에 앉아 일을 함으로써 월급이 나오고 그 돈으로 가족들이 살아간다는 생각을 하면 그 자리가 얼마나 소중한 자리인지 모르지. 주말에도 나와 일을 하다 보면 "좀 쉬지 왜 나왔냐?"고 묻는 사람들이 있어. 그럼 "제 자리 잘 있는지 보려고 나왔다"고 농담처럼 말하지만, 사실은 그게 진담일 수 있어. 자리가 없다는 것은 소속이 없고, 돈을 못 번다는 것과 같잖아? 공유 오피스를 사용하니 지정석이 없는 회사도 늘고 있지만, 어디든 내가 앉는 자리는 소중한 법이지.

♣ 당신이 앉은 자리에서 세상을 바꿀 수 있다(오프라 윈프리)

■ 존재의 가벼움

밥벌이가 지겨울 때마다
네 자리의 가벼움을 생각하라

모든 일은 오래 할수록 지겹게 되어 있지. 신나는 놀이도 오래 하면 지겹고, 열렬히 사랑해서 시작한 결혼 생활도 오래되면 지겨운 법이지. 더구나 일이라면 지겹지 않을 수가 없지. 그때마다 생각하지. 내 자리와 내 존재의 가벼움, 나 하나 없어도 회사는 잘 굴러간다는 것, 지겨운 일이라고 그만두면 끝내는 더 지겹게 된다는 것을… 김훈 선생이 말했지. "우리들의 목표는 끝끝내 밥벌이가 아니지만, 밥벌이에는 아무런 대책이 없으니 각자 핸드폰을 차고 거리로 나가 꾸역꾸역 밥을 벌자"고… 지겨울수록 힘을 내라. 힘을 내!

♣ 존재의 가벼움은 우리가 느끼는 것 이상의 무게를 지니고 있다
   (밀란 쿤데라)

■ 출근 체크

정시 출근은
일에 대한 에티켓 아닐까?

몇 시까지 출근하면 좋을까? 출근 시간 10분 전까지라고 말하는 사람들이 많고, 지각만 안 하면 된다는 사람들, 나처럼 최소 30분 전이라고 하는 사람들도 있어. 빨리 나와야 한다는 사람들은 일찍 나와 여유 있게 하루를 시작하는 게 좋다고 생각하기 때문이지. 법대로 하면 '근무처에 도착하는 시간이 출근 시간'이고, '회사가 일찍 출근을 강요하고 수당을 안 주면 임금 체불'이라는데, 세상을 법대로만 살 수 있을까? 일을 시작하는 데도 준비가 필요하니까, 출근 시간 딱 맞춰서 나오는 것은, 일에 대한 예의가 아닌 것 같아.

♣ 성공은 정해진 시간에 도착하는 데 있다(조지프 펄릭치)

■ 집에 잘 다녀왔어요?

"안녕하세요? 집에 잘 다녀왔어요? 집에 별일 없던가요?" 예전에는 회사에서 보내는 시간이 집에서 보내는 시간보다 훨씬 많아서 이렇게 인사하는 게 맞는 것 같았어. 거의 매일 야근을 하면서도, 어쩌다 야근 수당을 신청하는 직원이 있으면 영악하다고 생각했지. 그렇게 하루 24시간 중 회사에 있는 시간이 압도적으로 많다 보니 집에서 회사를 다녀오는 게 아니라 회사에서 집을 다녀온다는 말이 더 맞는 것 같았어. 그래서 퇴근하면서도 "집에 잘 다녀오세요"라고 인사하며 헤어졌지. 그래도 그 시절이 꼭 나쁘지는 않았어.

♣ 다르게 생각하는 자가 혁신을 이끈다(빌 게이츠)

■ 주변 정리

책상 위에 널린 물건들은
네 의식의 지저분함을 말한다

직원들 중에는 책상 위에 이런저런 물건들을 잔뜩 널어놓고
사는 사람들이 있어. 정리 정돈에 신경을 안 쓰는 거지. 요
즘은 선생님들도 곱게 자라 청소를 해 본 적이 없어 아이들
청소 지도를 못 한다고 하니 할 말이 없지만 모든 일은 정
도가 지나치면 좋지 않지. 정리 정돈을 못 하거나 안 하는
사람들의 생각은 "어차피 나중에 다시 쓸 건데 또는 어차피
모이면 나중에 버릴 건데 왜 지금 치워야 하나?" 아닐까?
하나를 보면 열을 알 수 있지. 매사 그런 식이라면 어차피
나중에 죽을 텐데 지금 뭐 하러 열심히 사는지 모르겠어.

♣ 정리는 마음의 평화를 가져다준다(마리 콘도)

■ 파일 정리

주변 정리 뿐 아니라 메일이나 파일 정리도 잘하는 게 좋
아. 아침에 출근하면 PC를 켜고 메일을 확인해. 내가 살
아 있다는 것을 다시 확인할 수 있는 순간이지. 누가 일부
러 죽은 사람에게 메일을 보내겠어? 그런데 메일은 매일 쌓
이는 것이다 보니 하루만 안 봐도 산더미 같아. 메일만 읽
어도 하루가 다 지나갈 판이야. 중요 메일만 빼고 과감하게
버려야 해. 매일 생기는 파일도 마찬가지야. 연도별, 업무
별, 프로젝트별, 날짜별로 파일을 정리하고 쓸데없는 것들
은 다 삭제! 버려야 다시 채울 수 있어. 모든 게 다 그래.

♣ 질서는 모든 성공의 기초다(아이작 뉴턴)

■ 회사

눈뜨면 나와 눈감고 일하다가
눈치가 보이면
눈물을 머금고 나오는 곳?

회사는 "눈뜨면 나와, 눈감고 일하다가, 눈치가 보이면, 눈물을 머금고 나오는 곳" 아닐까? 눈감고는 두 가지야. 회사를 다니다 보면 '이게 아닌데' 하면서도 해야 하는 경우가 있어. 목표 달성에 매진하다 보니 고객 서비스가 뒷전이 되는 경우 말이야. 또 오래 일하다 보면 일이 손에 익어 눈감고도 할 수 있게 돼. 그렇게 열심히 일하다 보면 언젠가 회사를 나와야 할 때가 와. 아무리 뛰어난 실력과 스펙도 나이를 이길 수 없어. 나이를 먹고 눈치가 보이면 안 나오고 싶어도 나와야 돼. '내 일, 내 젊음, 내 사랑 모두 Bye Bye!'

♣ 회사는 돈을 버는 곳이 아니라, 인생을 배우는 곳이다(잭 웰치)

■ 회사 일

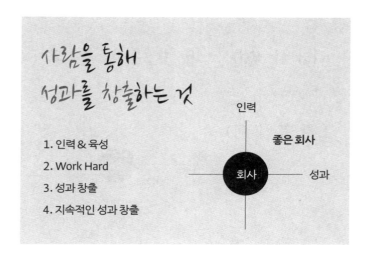

사람을 통해
성과를 창출하는 것

1. 인력 & 육성
2. Work Hard
3. 성과 창출
4. 지속적인 성과 창출

인력

좋은 회사

회사 ──── 성과

회사에 많은 부서가 있고 하는 일도 다양하지만 단순하게 생각하면 회사는 사람을 통해 성과를 창출하는 곳이야. 회사 일을 좀 더 구체적으로 말하면 1. 좋은 인력을 뽑아 잘 육성하고, 2. 그 사람들이 비전을 가지고 열심히 일하게 하며, 3. 일한 결과가 반드시 성과로 이어질 수 있도록 하고, 4. 그 성과가 한 번만이 아니라 지속적으로 나올 수 있도록 체계화 하는 것이라고 할 수 있지. 좋은 회사는 우수한 인력들이 힘을 합쳐 뛰어난 성과를 발휘하는 곳이야. 그래서 사람들과 성과만 보아도 그 회사 수준을 금방 알 수 있지.

♣ 뛰어난 인력들이 함께 일할 때, 그들의 합은 개별 성과의 총합을
   초과한다(존 맥스웰)

55

■ 인력채용

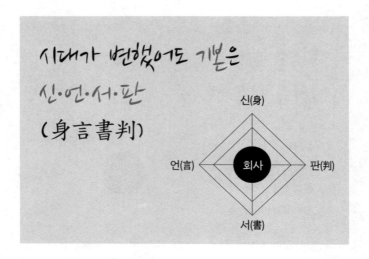

시대가 변했어도 기본은
신·언·서·판
(身言書判)

신(身)

언(言) ← 회사 → 판(判)

서(書)

회사 입장에서 좋은 인력이란 무엇일까? 그것은 회사가 지향하는 방향에 따라 열심히 일해서 큰 성과를 내는 사람이지. 그런 사람은 어떻게 뽑아야 할까? 회사마다 인력 선발기준은 다르겠지만, 공통적으로 중요한 것이 신·언·서·판(身言書判)이지. 여기서 신(身)은 사람의 풍채와 용모, 언(言)은 조리 있는 말과 표현, 설득력, 서(書)는 글솜씨나 지식 수준, 인문학적 교양, 판(判)은 올바른 판단 능력을 말해. 이것은 신입사원을 채용할 때뿐 아니라 관리자나 임원으로 승진시킬 인력을 선발할 때도 유효한 기준이 돼.

♣ 적합한 인재를 찾는 것이 성공의 시작이다(짐 콜린스)

■ 미션 & 비전

미션이나 비전이 있으면 뭐하니?
어차피 장식용?

회사마다 홈페이지에 경영철학, 미션, 비전 같은 것들을 잔뜩 적어 놓았지만, 정작 그 회사 직원들이 모르는 경우가 많아. 삼성은 "인재와 기술을 바탕으로 최고의 제품과 서비스를 창출하여 인류 사회에 공헌하는 것"이 목표지. 현대차의 경영철학은 "창의적 사고와 끝없는 도전을 통해 새로운 미래를 창조함으로써 인류 사회의 꿈을 실현"하는 것이야. 엄청난 꿈과 포부가 담긴 말들인데, 직원들이 이를 모른다면 말이 안돼. 회사의 경영철학을 잘 이해하고 회사의 꿈을 실현하는 데 네가 기여할 수 있는 방법을 찾아봐.

♣ 위대한 비전이 위대한 회사를 만든다(피터 드러커)

■ 진짜 의미

미션은 항구적인 존재이유
비전은 가까운 미래에
달성하고 싶은 바람직한 모습

회사의 미션(Mission)은 그 회사가 존재하는 이유야. LG전자의 미션은 "Innovation for a better life", 다시말해 LG전자는 '혁신'을 위해 존재한다는 것. 그와 달리 비전(Vision)은 가까운 미래에 달성하고 싶은 바람직한 모습이야. LG 전자의 비전(Vision)은 "Smart Life Solution Company", 즉 스마트한 삶에 대한 해결책을 제공하는 회사야. 가까운 시일 내에 제품(Product)이 아니라 해결책(Solution)을) 제공하는 회사가 되겠다는 것이지. 'Solution Company'라는 비전이 달성되면, LG전자는 또 다른 비전을 수립하게 될 거야.

♣ 가장 중요한 것은 눈에 보이지 않는다(생텍쥐페리)

▪ 나의 미션 & 비전

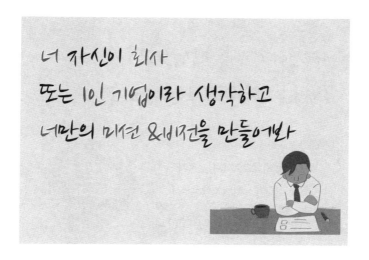

회사에 다니며 너 자신을 1인 기업이라고 생각해 봐. 그럼 회사는 수많은 개인 회사들의 그룹이 되는 거야. 너 자신이 회사이고, 네 자리가 네 회사의 주소지가 되는 것이지. 그렇게 되면 너는 월급을 받는 단순한 회사원이 아니라, 너 자신이라는 개인 회사에서 네가 속한 회사에 서비스를 제공하고 그 대가를 받는 사람이 돼. 이제 너는 회사를 경영하는 CEO로서, 회사의 존재 이유와 비전에 대해서도 고민을 해야 되겠지. 너라는 회사는 무엇을 위해 존재하고, 어떤 서비스를 제공하며, 어떻게 성장하고 싶어?

♣ 자신을 CEO로 대하라. 당신의 인생은 하나의 회사이며, 당신은 그 회사를 성공으로 이끌 책임이 있다(리처드 브랜슨)

■ 사명선언서

사명선언서(Mission Statement)는 개인이나 조직의 존재 이유와 목표 등을 밝힌 선언문이야. 항해할 때 필요한 나침반과 같다고 할까? 사명선언서는 자신이 소중하게 생각하는 가치, 가정이나 사회에서 다하고 싶은 자신의 역할, 그리고 스스로의 다짐 같은 것들을 담는 그릇이야. 우선은 그것을 만드는 것이 중요하지만, 잘 지키려고 노력하는 것은 더욱 중요해. 사명선언서는 어떤 삶을 살고 싶은지에 대해 스스로 정한 개인 헌법 같은 것이니까…. 자신이 만든 것이라고 무시하면 스스로 범법자가 되는 것과 다름없지 않을까?

♣ 당신의 삶을 이끄는 나침반을 찾아라(스티븐 코비)

60

■ 목표의식

제일 불쌍한 것은
목표 없이 사는 것 아닐까?

실화야. 두 명의 여성이 동시에 보험설계사 일을 시작했어.
최고 급호인 '명인' 자리에 오른 선배의 강의를 들은 A는 '나
도 1년 뒤에는 명인이 되겠다'고 말했어. B는 "그게 얼마나
어려운 일인데, 아무나 될 수 있나"라며 비웃었어. 1년 뒤,
설계사들을 격려하고 시상하는 자리에서 B는 깜짝 놀랐어.
A는 진짜로 명인이 되어 단상 위에서 상을 받고 있었고, 자
신은 객석에 앉아 박수를 치고 있었어. 목표가 있고 없음의
차이지. 목표는 그것을 달성하기 위해 열심히 노력하는 것
만으로도 충분한 '자기 보상'이 돼. 일단 목표를 가져 봐!

♣ 목표가 없으면 바람을 타고 떠다니는 배와 같다(세네카)

■ SMART한 목표

모든 목표는
스마트하게 수립해라

· Specific : 구체적이고
· Measurable : 측정이 가능하고
· Achievable : 달성할 수 있고
· Realistic : 현실적이고
· Timebound : 달성 기한이 정해진

목표는 사람을 움직이는 동력이야. 록펠러가 "똑같은 노력을 하지만 사실은 목표의 크기만큼 노력하게 된다"고 했는데 맞는 말이야. 서울대를 목표로 하는 학생은 서울대에 갈 수 있을 만큼 노력하고, 지방대를 목표로 하는 학생은 지방대 합격 수준 만큼의 노력을 한다는 것이지. 목표는 구체적이고, 측정이 가능하며, 달성 가능하고, 현실적이며, 달성 기한이 정해진 SMART한 목표가 좋아. 막연하게 '부자가 되겠다'는 목표 보다는 매달 150만 원씩 저축해서 '5년 만에 1억 원을 모으겠다'는 목표가 더 낫다는 말이지.

♣ 좋은 목표는 명확하고 측정 가능하며 현실적이어야 한다(피터 드러커)

■ 만다라트

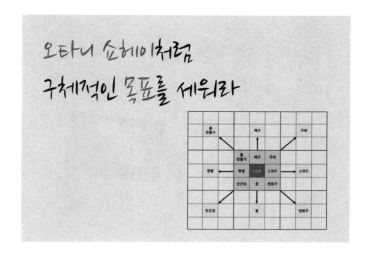

목표를 세우는 좋은 방법이 있지. 야구선수 오타니는 '만다라트'라는 기법을 활용하여 신인 드래프트에서 1순위로 뽑히는 꿈을 실현했어. 방법은 간단해. 사각형을 그린 후 9개의 큰 칸을 만들고, 각 칸을 다시 9개의 작은 칸으로 만들면 끝. 큰 칸 중 가운데 칸의 중심에 목표를 적고, 주변 8개 칸에 목표 달성을 위한 세부 목표를 적어. 주변의 큰 칸 8개의 중심에 세부 목표들을 옮겨 적고, 그 주변 8개 작은 칸에 세부 목표 달성을 위한 추진 과제들을 적으면 총 64개의 추진 과제가 나와. 그것들을 실천함으로써 목표를 달성하는 거야.

♣ 작은 목표들이 모이면 위대한 성취가 된다(오타니 쇼헤이)

63

■ 만점 하루

너는 오늘 몇 점짜리
하루를 보냈을까?

하느님은 늘 세부적인 것에 계시듯이, 목표 달성도 하루하루를 자신이 꿈꾸는 대로 열심히 산 결과일 거야. 어떡하면 하루를 잘 살았다고 할 수 있을까? 목록을 만들어 매일 결과를 체크하고 점수를 줘봐. 예를 들어 하루를 자기 수양 10점, 업무 60점, 인간관계 10점, 공부 20점과 같이 4개 카테고리, 100점 만점으로 구분한 후, 하루 일과가 끝나면 체크하고 점수를 주는 것이지. 각 카테고리를 더 세부적으로 나눠서 해 보면 더욱 알찬 하루를 보낼 수 있어. 너만의 체크리스트를 만들고 만점 하루를 보내기 위해 노력해봐.

♣ 오늘을 최선을 다해 살아라, 내일은 또 다른 기회가 온다(달라이 라마)

■ 반드시 가꿔야 할 2가지

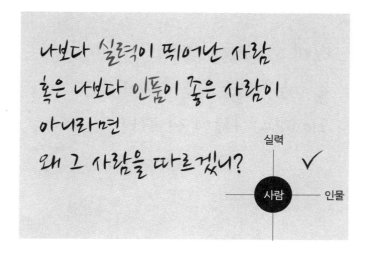

회사에는 다양한 사람들이 있어. 직급을 떠나서 어떤 사람을 따르게 될까? 실력과 인품, 두 가지 아닐까? 최소한 너보다 실력이 뛰어나거나, 최소한 너보다 인품이 좋은 사람이 아니라면 그 사람을 따를 이유가 없지. 스스로 실력이 있다고 착각하는 사람들 중에는 인품이 별로인 사람이 많아. 장기적으로 직급이 높아지면서 실력은 떨어지고 인품이 드러나면 꽝이지! 실력도 있고 인품도 훌륭한 사람이면 최고야. 그런 사람이 되려고 노력해 봐. 실력은 일을 할수록 쌓이지만 인품은 그렇지 않아. 의도적인 노력이 필요해!

♣ 실력은 배울 수 있지만, 인품은 스스로 키워야 한다(소크라테스)

■ 일할 준비

일에 허덕이지 않고
늘 새로운 일을 받을 준비가
되어있는 사람이 되거라!

Welcome

회사에서 보면 여러 일을 받아 놓고 하나도 제대로 해결하지 못하는 직원이 있어. 실력이 부족한 신입사원이나 다른 부서에서 전입 온 사람도 아닌데 그렇다는 말이지. 스스로 해결하지 못하면 선배나 상사에게 물어보던가, 그것도 아니고 그냥 낑낑거리고 있는 거야. 그러면 상사 입장에서는 어떻게 일을 맡기겠어? 일을 잘하는 사람은 항상 일을 받을 준비가 되어 있는 사람이야. 일의 핵심과 처리하는 요령, 일의 시작과 끝을 잘 알고 있는 사람이지. 평소 일 공부를 많이 하고, 무엇보다 생각을 많이 하는 사람이야.

♣ 준비된 자만이 기회를 잡는다(루이스 파스퇴르)

66

■ 업무능력

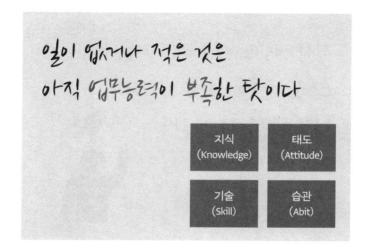

회사에 일하러 나왔는데 일이 없다면, 업무 능력이 부족해 일을 맡기기 어렵다는 이야기지. 업무 능력이 뭐야? 회사가 원하는 일을 잘 할 수 있는 능력을 말해. 일에 대한 지식(Knowledge)이나 기술(Skill), 일에 대한 태도(Attitude) 같은 것들이 모두 업무 능력이야. 지식이 부족하면 공부를 통해, 기술이 부족하면 경험과 숙달을 통해, 태도는 자기 수양을 통해 업무 능력을 키울 수 있지. 교육과 훈련, 자격증 취득, 실습, 네트워킹, 자기 평가 등 방법은 많아. 끊임없이 업무 능력을 향상시켜 믿고 맡길 수 있는 직원이 되면 좋지.

♣ 오늘의 자신을 넘어서는 것이 진정한 능력의 성장이다(벤자민 프랭클린)

■ 일의 창조

직장에서도 일은
스스로 만들어 하는 것이다
일을 기다리지 마라!

요즘 '창직', 다시 말해 '직업 창출'이라는 말이 유행이야. 시대 변화에 맞춰 적성, 능력, 경험, 창의적인 아이디어 등을 통해 새로운 직업을 만드는 것이지. 취업난으로 일자리를 구하기가 힘드니 아예 새로운 일자리를 만들자는 것이야. 회사라고 늘 새로운 일이 있는 것은 아니야. 반복적, 루틴(Routine)한 업무가 대부분이지. 그런데 그런 일만 해서는 본인도 회사도 발전이 없지. 현재의 일을 더 잘할 수 있는 방법을 찾거나, 새롭게 하면 좋은 일에 대한 아이디어를 내서 자기 일로 만들어야 해. 직장 내 창직 활동이라고 할까?

♣ 남들과 다른 길을 가라. 그 길에서 기회를 찾아라(스티브 잡스)

■ 양질 전환

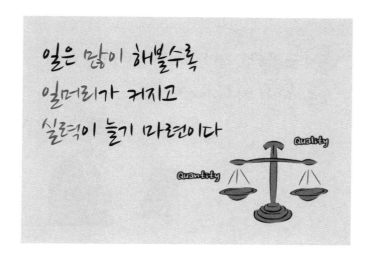

사원 시절 엑셀 비슷한 프로그램 자격시험에서 1급을 땄지만, 안 쓰다 보니 다 까먹고 말았지. 회사에서만 쓰는 '훈민정음'이라는 프로그램만 주구장창 쓰다 보니 거의 달인이 됐는데 회사를 나와 '아래한글'부터 다시 배워야 했어. 무슨 일이든 많이 해 본 사람이 잘할 수밖에 없어. 만화가 이현세 선생이 말했어. "매일 10장의 크로키를 10년, 20년 계속 그리다 보면, 어떤 풍경이든 잘 그리게 된다"고…. 그것이 '천재를 이기는 법'이라고…. 양이 질로 전환된다고 할까? '실수도 반복되면 실력이 된다'고 하잖아? 일단 많이 해봐!

♣ 작은 것들이 쌓이면 위대한 결과를 만든다(괴테)

■ 생색나는 일

폼나는 일만 하려고 하지마라
소는 누가 키운다니?

일에는 노동 이상의 가치가 있어. 일 자체가 사람의 마음을 움직이기도 해. 윗 사람들의 관심이 크고 잘하면 고과도 잘 받을 것 같은 일은 서로 하려고 하고, 일상적인 일은 서로 미루는 경향이 있지. 그렇다고 회사 다니며 내 마음에 드는 일만 할 수는 없어. 하는 일이 시시하다고 생각될 때는 다시 생각해 봐. 어려운 일을 잘 해내는 것은 '능력'의 문제고, 하찮은 일도 잘 수용하는 것은 '태도'의 문제야. 회사에서는 직원들의 '능력'과 '태도', 두 가지를 다 보고 있어. 네가 하는 일이 하찮다고 너 스스로 판단하고 자멸해서는 안돼.

♣ 진정한 리더는 허드렛일도 가리지 않는다(마하트마 간디)

70

■ 업무 협조

일을 하다 보면 부서 간에 생각이 다른 경우가 있어. 그로 인해 불화가 생기고 나중에는 '사일로 효과(Silos Effect)'로 발전하기도 해. 곡식이나 사료를 저장하는 굴뚝 모양의 창고인 사일로와 같이 다른 부서와 담을 쌓고 내부 이익만을 추구하는 것이지. 조직 간 장벽이나 부서 이기주의라고 할까? 물론 일 때문이지만, 부서장들의 사소한 감정 싸움이 부서원들 전체의 문제로 비화되는 경우도 있어. 하지만 회사 생활을 오래 하다 보면 언제 어디서 다시 만날지 모르니 다른 부서 사람들도 배척하지 말고 잘 지내야 하는 것이지.

♣ 협력은 위대한 성과의 시작이다(헨리 포드)

■ 일과 사랑

무슨 일이든
사랑하면 알게 되고
알게 되면 보이나니
그때 보이는 것은
전과 같지 않단다

사랑은 거의 모든 것의 해결책 같아. 배우자의 사랑이 의심될 때 유일한 해결책은 더욱 사랑하는 것뿐이라고 해. 조선시대의 유학자 유한준은 "사랑하면 알게 되고, 알게 되면 보이나니 그때 보이는 것은 전과 같지 않더라"라고 했어. 사랑하는 만큼 보인다는 것이지. 일도 마찬가지인 것 같아. 어느 청소부는 '지구의 한 모퉁이를 청소하고 있다'고 했어. 그만큼 자기의 일을 사랑하고 있다는 것이지. 너도 네가 하는 일을 사랑해 봐. 그럼 단순한 회사 일을 넘어, 더 큰 무언가에 기여하고 있다는 새로운 가치를 발견하게 될 거야.

♣ 일을 사랑하는 사람만이 그 일을 진정으로 잘할 수 있다(스티브 잡스)

■ 집중 & 몰입

달이 알을 품듯이
집중하고 몰입하지 않으면
일이 제대로 될 수가 없지

모든 일이 '욕속부달(欲速不達)'이야. 일을 이루기 위해서는 닭이 알을 품듯이 지극한 정성을 들여야 하는데, 정성은 없이 욕심만 앞세워 일을 빨리하려고 하면 도리어 이루지 못한다는 것이지. 조정래 선생은 《태백산맥》 같은 대작을 쓰기 위해 20년 동안 매일 16시간 동안 자신을 '글 감옥'에 가두었어. 그야말로 정성을 다한 거지. 그분이 말했어. "이 세상 모든 노동은 치열함을 요구한다."고.. 호랑이는 곰을 잡을 때뿐만 아니라, 토끼를 잡을 때도 최선을 다하지. 일의 성과는 집중과 몰입에 달려있다는 것을 잊지 말아야 해.

♣ 무엇을 하든 온 마음을 다하면 반드시 성취할 것이다(부처)

73

▪ 열십자 긋기

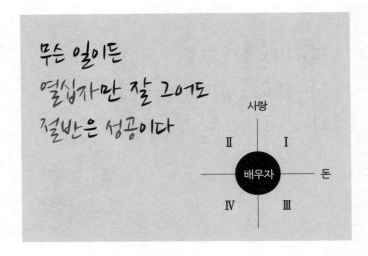

무슨 일이든
열십자만 잘 그어도
절반은 성공이다

일이 복잡해 보일 때는 열십자를 긋고 변수를 두 개만 선택해 봐. 예를 들어, 좋은 남편을 선택하는 기준은 여러 가지가 있겠지만, 딱 두 가지만 선택한다면 물질적인 측면에서는 '돈', 정신적인 부분에서는 '사랑'이 되지 않을까? 이 두 가지를 가로, 세로 축으로 설정하면 네 개의 상한에 해당하는 남편들이 생겨 네 가지 남편 중 가장 좋은 남편은 아마 돈도 잘 벌고 사랑이 넘치는 Ⅰ상한의 남편이 될거야. 이처럼 어떤 일이든 열십자를 긋고 변수를 단순화시키면 쉽게 해결책을 찾을 수 있어. 여러 주제를 가지고 연습해 봐.

♣ 문제를 단순화하면 해결책이 보인다(알버트 아인슈타인)

■ 우선순위

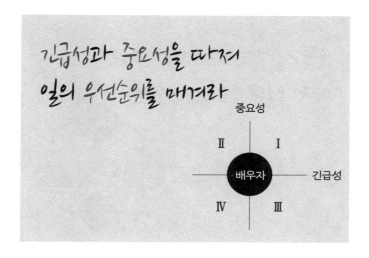

일이 많을 때는 우왕좌왕하기 쉬워. 그럴 때도 열십자를 긋고, '긴급성'과 '중요성' 두 가지를 축으로 삼아 일의 우선순위를 따져봐. 가장 먼저 할 일은 중요하면서 긴급한 Ⅰ상한의 일들이 될 거야. 두 번째는 덜 중요하지만 긴급한 Ⅲ상한의 일, 세 번째는 중요하지만 덜 긴급한 Ⅱ상한의 일이 되겠지. Ⅱ상한의 일은 공부나 자격취득, 건강관리처럼 중요하지만 급하지는 않은 일들이야. 하지만 평소에 꾸준히 실천하면 Ⅰ상한이나 Ⅲ상한의 일을 더 잘할 수 있게 만들지. 그러니까 이 Ⅱ상한 일을 습관적으로 하면 좋지 않을까?

♣ 가장 중요한 일을 가장 먼저 하라(스티븐 코비)

■ 프로세스

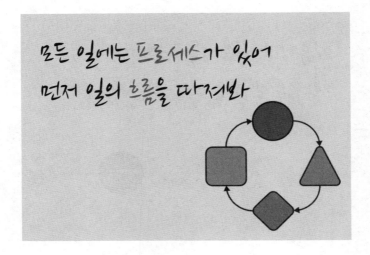

모든 일에는 프로세스가 있어
먼저 일의 흐름을 따져봐

프로세스는 일의 흐름이나 절차를 말해. 제조업체에서는
'공정'이라고 하지. 코끼리를 냉장고에 넣는 방법을 생각해
봐. 첫째, 냉장고 문을 연다. 둘째, 코끼리를 냉장고에 넣는
다. 셋째, 냉장고 문을 닫는다. 인생은 B(Birth) to D(Death)
야. B와 D 사이, 즉 '삶'이 프로세스이고, 그 프로세스는 생
(生), 노(老), 병(病), 사(死)로 이루어져 있지. 이처럼 모든 일
에는 프로세스가 있어. 일을 시작하기 전에 전체적인 일의
흐름을 따져봐. 전체적인 일의 흐름을 머릿속에 그리고 있
으면 일이 훨씬 쉬워질거야. 먼저 숲을 보라는 말이야.

♣ 모든 일에는 과정이 중요하다(찰스 다윈)

■ 3C 분석

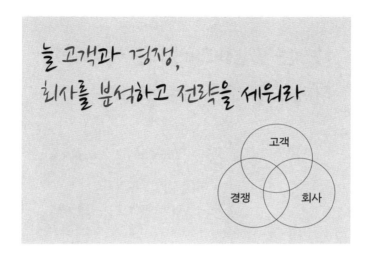

늘 고객과 경쟁,
회사를 분석하고 전략을 세워라

고객

경쟁   회사

회사에서 전략을 세울 때 자주하는 것이 '3C 분석'이야. 고객(Customer)은 뭘 원하는지, 경쟁사(Competitor)는 어떻게 하고 있는지, 회사(Company)의 상황은 어떤지 분석을 하여 차별화된 전략을 만드는 것이지. 개인적으로는 회사가 고객, 동료가 경쟁자, 너 자신이 회사가 돼. 회사가 원하는 것이 무엇인지, 동료들은 어떻게 하는지, 너의 강·약점은 무엇인지 파악한 뒤 너만의 전략을 세울 수도 있어. 또, 채널(Channel)을 추가하면 '4C 분석', 또 비용(Cost)을 추가하면 '5C 분석'이 돼. 여러모로 유용한 방법이니 잘 활용해 봐.

♣ 경쟁을 이해하면 기회가 보인다(마이클 포터)

▪ SWOT 분석

약점은 보완하고 강점은 강화하고
위협은 줄이고 기회는 늘리고

Strength	**Weakness**
Opportunity	**Threat**

회사에서 전략을 세울 때 3C 분석과 함께 많이 사용하는 것이 SWOT 분석이야. 내부적인 강점(Strength)과 약점(Weakness), 외부적으로는 환경적인 기회(Opportunity)와 위협(Threat)을 분석하여 효과적인 전략을 수립하기 위한 방법이지. 이를 통해 회사의 강점을 살리거나 약점을 보완해 기회를 살리거나, 위기를 극복하는 방향으로 전략을 세울 수 있어. 개인도 SWOT 분석을 활용하면 자신의 발전 전략을 세울 수 있어. 자신이 가진 강점을 극대화하여 기회로 활용하는 전략 말이야. 너 자신의 SWOT 분석부터 먼저 해봐,

♣ 약점을 보완하고 강점을 극대화하라(피터 드러커)

■ 벤치마킹

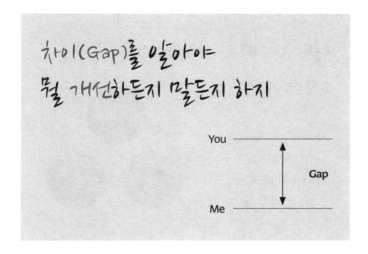

벤치마킹(Benchmarking)은 대상을 설정하고 비교 · 분석을
통해 상대방의 장점을 따라 배우는 것이야. 반에서 5등인
학생이 1등인 학생의 공부 방법을 따라 하는 것과 비슷해.
대상은 다른 기업이나 경쟁 회사가 될 수 있고, 내부적으로
일 잘하는 조직이나 사람이 될 수 있어. 벤치마킹은 끊임없
이 '자신의 수준'을 파악하고, 잘하는 상대방과의 격차(Gap)
를 줄여 결국은 상대방을 앞설 수 있는 방법을 찾는 거야.
회사에서 누가, 어떤 일을, 왜 잘하는지 알아봐. 그리고 너
자신과의 차이를 생각해 봐. 그게 벤치마킹의 출발점이야.

♣ 배우고 개선하는 것이 성공의 비결이다(잭 웰치)

- PDS

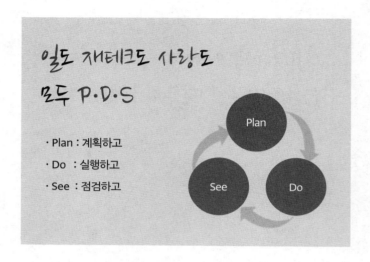

일도 재테크도 사랑도
모두 P·D·S

· Plan : 계획하고
· Do : 실행하고
· See : 점검하고

경영학의 아버지 피터 드러커는 성공 기업의 공통점은 계획
(Plan)하고, 실행(Do)하고, 점검(See)하는 것이라고 했어. 계
획 없이 하는 일은 무모하고, 점검을 게을리하면 일에 착오
나 하자가 생기기 쉽지. 재테크, 사랑 혹은 다른 일도 무턱
대고 하다 보면 제대로 되기 어렵지. 준비하고, 실행하고,
점검하는 일은 꼭 필요해. 어차피 계획대로 되는 일이 없기
때문에 '무계획이 계획'이라고 말하는 사람도 있어. 하지만
회사 일을 그렇게 할 수는 없지. 회사 일은 어디까지나 치
밀한 계획, 철저한 실행, 꼼꼼한 점검이 기본이야. PDS!

♣ 계획하고 실행하며 점검하라(피터 드러커)

■ 미씨(MECE)

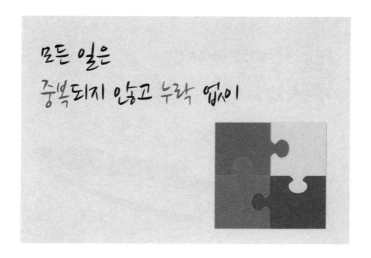

모든 일은
중복되지 않고 누락 없이

분석하거나 전략을 세울 때는 미씨(MECE)적인 사고가 필요해. MECE(Mutually Exclusive Collectively Exhaustive)란 방위는 동, 서, 남, 북, 계절은 봄, 여름, 가을, 겨울, 시간은 과거, 현재, 미래처럼 모든 항목이 중복되지 않고 배타적이면서, 이를 모으면 완전체가 되는 것을 말해. 일을 계획(Plan)하고, 실행(Do)하고, 점검(See)하는 것, 1일차, 2일차, 3일차로 나누어 2박 3일 여행 계획을 세우는 것, 글은 서론, 본론, 결론으로 쓰는것 모두 MECE적인 사고에 해당돼. 중복 없이, 빠짐 없이 일의 성과를 높이는 좋은 방법이지.

♣ 체계적인 사고는 성공적인 전략의 기초다(맥킨지 경영 컨설팅)

■ 작은 승리 전략

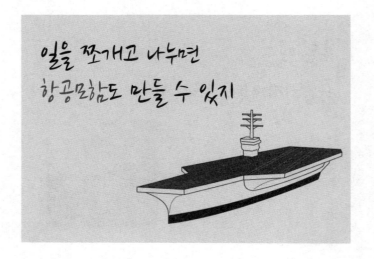

일을 쪼개고 나누면
항공모함도 만들 수 있지

노드럽 그루만이라는 회사는 47,000톤의 강철판과 백만 개 이상의 부품을 가지고 근로자 2만 명이 7년 이상 작업을 해 항공모함을 만든다고 해. 항공모함을 만드는 것은 피라미드를 세우는 것처럼 불가능해 보이는 목표같지만, 그것을 쪼개 작은 목표들로 나누면 충분히 해낼 수 있다는 것이지. 목표가 작아지면 일하는 사람들이 자신감을 얻어 성공 확률이 높아지거든. 이것을 '작은 승리' 전략이라고 해. 복잡한 일을 맡더라도 당황하거나 좌절하지 말고 일을 쪼개 봐. 그리고 작은 것부터 차근차근 달성해 나가면 잘 될거야.

♣ 작은 성공들이 모이면 큰 승리가 된다(윈스턴 처칠)

■ 일이 잘 안될 때

일하다 보면 잘 안될 때가 있어. 보고서를 쓰다가 막히면 후배 얼굴을 멍하니 쳐다보기도 해. 후배가 "무슨 문제 있어요?"하고 물으면 "아니야! 뭐 하다가 막혀서 딴 생각 중이야" 하면서 계면쩍은 웃음을 날리지. 후배가 "담배 한 대 어때요?"라고 하면 '콜(Call)'하고, 밖으로 나와 담배를 태우며 이야기를 나눠. 그러면서도 머리 속으로는 일 생각을 하다가 답을 찾기도 해. 일하다 막히면 일과 전혀 다른 짓을 해봐. 산책, 독서, 차 한잔, 가벼운 운동 등 무엇이든 색다른 일을 하다 보면 의외로 쉽게 해결책이 떠오를 수 있어.

♣ 잠시 멈추고 방향을 점검하라(레오나르도 다빈치)

■ 일의 결과

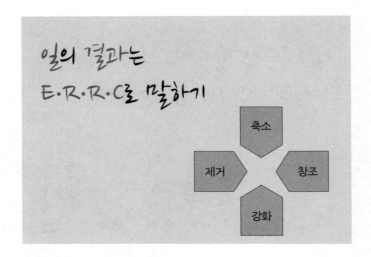

모든 일에는 결과가 있어야 해. 일의 결과는 'ERRC'로 내놓으면 좋아. ERRC는 잘못하고 있으니 하지 말아야 할 것(Eliminate), 그만두지는 못하니 줄여야 할 것(Reduce), 잘하고 있으니 더 늘려야 할 것(Raise), 안 하고 있으니 새롭게 시작해야 할 것(Create)을 말해. 제품이나 서비스 개선뿐 아니라 여러 분야에 활용할 수 있어. '담배는 끊고, 술은 줄이고, 공부는 늘리고, 운동을 시작한다'와 같이 개인 생활을 개선하는 데도 적용할 수 있지. 모든 일을 'ERRC' 관점에서 생각해 봐. 회사와 일에 대한 안목이 크게 좋아져.

♣ 일은 그 일을 맡은 사람의 이름을 남긴다.
   그래서 최고의 결과를 내놓는 것이 중요하다(피터 드러커)

■ 마감 의식

모든 일에는
시작과 끝이 있어야 해
기한이 정해지지 않은 일은
일이 아닌 것이지!

일을 질질 끌면 결국은 망해. 그렇지 않더라도 다시는 일을 맡지 못하지. 신뢰를 잃었으니까. 시간과 돈을 무한정 투자하는 경우는 없어. 아무리 복잡한 일이라도 언제까지는 반드시 끝낸다는 사명감을 가져야 해. 영업을 하는 회사들은 월말 마감은 당연하고, 주간 단위, 심지어 일일 단위 마감을 해. 목표를 주간 또는 일일 단위로 나눈 후 그것을 달성하기 위해 죽기 살기로 노력하는 것이지. 언제까지 끝낸다는 마감 의식이 없으면 발전이 없어. 일에는 기한이 있다는 것을 잊지 말고, 기한 내에 책임지고 끝낸다는 결의를 다져 봐.

♣ 기한을 지키는 것이 성공의 첫걸음이다(벤자민 프랭클린)

■ 즉시 개선

즉시 고치면 될 일을
묵혀서 크게 만들지 마라

무엇이든 잘못됐다 싶으면 빨리 고쳐. 작은 잘못을 숨겼다
가 걷잡을 수 없게 번지는 경우가 많아. '1:29:300 법칙'으
로 알려진 '하인리히 법칙'이 있어. 이는 대형 사고 1건이 발
생하기 전에 29건의 작은 사고들이 있었고, 그 전에 300건
의 더 작은 징조들이 있었다는 것이지. 세계적인 물류 기업
페덱스에는 1:10:100의 법칙이 있어. 불량을 즉시 고치면 1
의 비용이 들지만, 늦게 고치면 10의 비용이 들고, 방치했
다가 고객이 불만을 제기하는 상황이 되면 100의 비용이든
다는 거야. 작은 구멍이 댐을 무너뜨린다는 것을 잊지 마!

♣ 작은 실수라도 즉시 고쳐라(하인리히 법칙)

■ 돈과 일

돈을 많이 벌고 싶지?
그럼 일을 잘해!

회사는 돈 벌러 나오는 곳이니까 많이 벌고 싶지? 그런데 요즘은 같은 연차, 같은 직급의 직원이라고 해서 월급이 똑같지 않아. 많은 회사들이 상·하반기 두 번 평가를 통해 다음 해 연봉 계약을 해. 평가 결과 두 번 모두 김과장은 A를 받고, 이과장은 C+를 받았다면 다음 해 연봉에서 2,000만 원 이상 차이가 날 수도 있어. 같은 직급인데 이렇게 차이가 날 수 있지. 좋은 평가를 받으려면 일을 잘해야 해. 성과를 내야 한다는 것. 성과는 회사가 기대한 것 대비 내가 이룬 것이야. 열심히 일해서 성과를 내 봐! 그럼 돈이 굴러와.

♣ 돈을 벌고 싶다면 가치를 창출하라(워런 버핏)

■ 일과 공부

돈을 많이 벌려면 일을 잘해 성과를 내야 해. 그럼 성과는 어떻게 내야 하는데? 높은 성과(High Performance)를 창출하는 방법은 겁나게 많아. 명확한 목표 설정, 효과적인 전략 수립, 인적·물적 자원 관리, 동기부여, 팀워크와 협업, 끊임없는 혁신, 명확한 피드백 등 수없이 많은 방법들이 있어. 이러한 방법을 잘 알고 잘 활용하려면 꼭 필요한 게 있지. 그 놈의 공부! 학교에 다닐 때 공부는 기초적인 소양과 지식 향상이 목적이었다면, 회사원의 공부는 일을 잘하고 돈을 더 벌기 위한 공부지. 밥 먹듯이 공부해라. 공부!

♣ 배움을 멈추지 않는 것이 최고의 경쟁력이다(빌 게이츠)

■ 공짜 공부

직장은 돈을 받으면서
온갖 공부를 다 할 수 있는 곳이지

일을 잘하면 좋은 점이 많아. 연봉이 올라 좋고, 좋은 평가를 받아서도 좋고, 더 좋은 점은 국내외 연수나 교육에 선발될 수 있는 기회가 많아진다는 것이야. 일 잘하는 사람을 뽑아 더 잘할 수 있도록 역량을 키워준다는 것이지. 회사생활 하면서 가장 기분 좋았던 날은 미국 지역전문가로 선발되었다고 회사 게시판에 내 이름이 뜬 날이었지. 회사를 잘 활용하면 공짜로 또는 적은 비용으로 공부도 하고 기술도 익히고 학위도 딸 수 있어. 공부에 돈을 쓰려고 하지 마! 일을 잘하면 공부할 기회가 생겨. 그걸 잘 활용해 봐!

♣ 좋은 회사는 직원에게 성장의 기회를 준다(피터 드러커)

■ 함께 성장

부부는 여러 가지 공동체!
토요일엔 열심히 공부하고
일요일엔 신나게 놀아라

결혼하면 부부가 함께 발전할 수 있도록 노력해 봐! 남자들은 40대가 되면 부담을 느끼기 시작해. 그리고 50대가 되면 나이 먹었다고 퇴직을 종용받게 돼. 아이들도 어린데, 회사를 나오면 생계가 막연해. 그때 아내가 나서야 하는데, 무슨 준비가 되어 있어야지. 최저 시급에 가까운 일자리 외에 좋은 일자리는 찾기 어려워. 따라서 토요일에는 관심사에 따라 부부가 함께 또는 별도로 공부하고, 일요일에는 열심히 놀아. 다음주에 일 할 에너지를 채워야 하니까. 젊어서부터 그렇게 하면 나중에 서로에게 큰 힘이 될 수 있어.

♣ 함께 성장하는 부부는 더욱 강해진다(조지프 펄릭치)

■ 스승

학교를 졸업한 후라면
스승은 스스로 만들어야 해!

학교에만 스승이 있는 게 아니야. 회사 생활을 하면서 어디서든 괜히 소주 한 잔 사드리고 싶은 분이 생기면 스승으로 삼아봐. 삶의 멘토라고 할까? 그분의 의사와 관계없이 네가 그렇게 생각하기로 하면 스승이 되는 것이지. 스승은 회사에도 있고, 책 속에도 있고, 신문이든 방송이든, 오다가다 만난 사람이든, 이 사회 곳곳에 스승으로 삼을만한 분들은 많아. 갈수록 스승에 대한 존경심이 시드는 책임은 우리 모두의 것이지만, 이 사회 어디서나 스승을 발견하고 존경하고 사랑할 책임은 개인 몫이지. 네게 맞는 스승을 찾아봐!

♣ 좋은 스승은 우리의 잠재력을 발견해주는 사람이다(알버트 아인슈타인)

■ 셀프 리더십

네가 너 자신의
리더라는 사실을 잊지마!

예전에는 직급 의식이 강해 리더십은 윗사람들에게나 필요
한 것으로 여겨지기도 했어. 그런데 요즘은 상사가 나보다
나이가 어린 경우도 있고, 직급이 낮은 사람이 프로젝트 리
더를 맡는 경우도 있지. 이제 누구에게나 리더십이 필요하
게 됐어. 생각과 행동을 변화시켜 자신에게 영향력을 행사
하는 '셀프 리더십' 말이야. 회사는 물론, 일상생활에서도
원칙을 준수하고, 육체적, 정신적, 사회적 건강을 관리하
며, 끊임없이 자신을 혁신하고 발전시켜 나가는 것이지. 네
가 너 자신의 리더가 되어 살아가는 삶! 멋지지 않아?

♣ 남을 이기려 하지 말고 어제의 나를 이겨라(브루스 리)

■ 자기관리

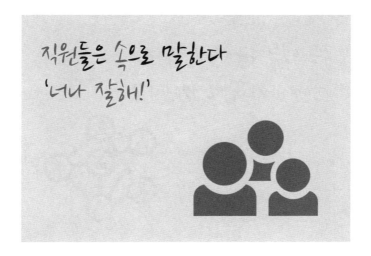

셀프 리더십의 본질은 자기관리야. '수신제가치국평천하(修身齊家治國平天下)'라는 말 알지? 몸과 마음을 바르게 한 사람만이 가정을 다스릴 수 있고, 가정을 다스릴 수 있는 사람만이 나라를 다스릴 수 있으며, 나라를 할 수 있는 사람만이 천하를 평화롭게 다스릴 수 있다는 말이지. 여기서 '수신제가'를 '자기관리'라고 할 수 있어. 자기 관리가 안 되는 리더는 재앙이지. 회사에서 그런 사람 더러 봤어. 도덕 불감증에 양심도 없고, 인간 자체가 못됐다고 욕도 많이 했지. 그런 사람들에게 잘 어울리는 말이 있어. '너나 잘해!'

♣ 자기 자신을 다스리는 사람이야말로 가장 강한 자이다(세네카)

▪ 리더십의 본질

무슨 일을 누구에게 맡겨
언제까지 끝낼 것인가?

목표 달성을 위해 다른 사람들의 지지와 도움을 얻는 과정
을 리더십이라고 해. 나는 리더십은 '무슨 일을, 누구에게
맡겨, 언제까지 끝낼 것인가'라고 생각해. '무슨 일'은 비전
과 전략, '누구에게'는 사람의 선발과 육성, '언제까지'는 일
의 결과를 말해. 그런데 셀프 리더십 시대에는 '무슨 일을,
내가 맡아, 언제까지 끝낼 것인가'를 생각해야 해. 너 혼자
하든, 다른 사람들과 함께 하든 업무를 잘 완수하면 셀프
리더십이 있는 것이고, 그렇지 않다면 없는 거야. 네 삶의
주인이 되어 열심히 살면서 책임의식도 함께 느껴 봐!

♣ 자신을 이끄는 자가 진정한 리더이다(존 맥스웰)

■ KASH

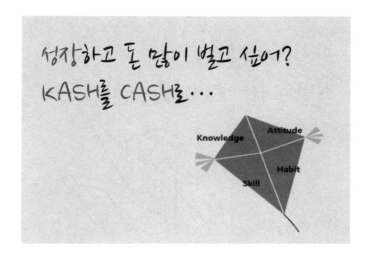

셀프리더십을 발휘하기 위해 갖춰야 할 지식(Knowledge), 태도(Attitude), 스킬(Skill), 습관(Habit)의 앞 자만 따서 'KASH'라고 해. 업무지식을 쌓고, 기술을 익히고, 좋은 태도를 견지하는 것을 습관화 해야 한다는 것. 새로운 행동을 했을 때 거부감이 사라지는데 평균 21일이 걸리고, 평균 66일이 지나면 그 행동을 안하면 불편함을 느끼게 된다고 해. 어떤 행동을 66일 동안 꾸준히 반복하면 습관이 된다는 것이지. 회사 생활은 이 KASH를 CASH(현금)으로 바꾸는 일이야. 날마다 'KASH'를 갈고 닦아 돈 많이 벌어!

♣ 지식은 힘, 기술은 도구이며, 태도는 기초, 습관은 원동력이다(미상)

■ 강점 강화

과신하지 말고
잘하는 한가지에 집중하라

누구나 강점, 즉 남다른 재능이 있고, '아킬레스건'처럼 다른 사람들은 모르는 약점도 있지. 아인슈타인처럼 수학을 잘하는 학생이 있는가 하면, '수포자'들도 있어. "약점을 보완하기 위해 노력하는 것은 더 이상의 실패를 막을 뿐, 강점으로 승화시키지는 못한다"고 해. 약점을 보완하는 것보다는 강점을 강화하는 쪽이 훨씬 더 낫다고 해. 돌이켜보니 나는 많은 재능을 받았지만, 어느 것 하나 제대로 키우지 못한 것 같아. 한 곳에 집중하지 못했기 때문이야. 다 잘한다는 것은 다 못한다는 것과 같아. 한 놈만 패야 해!

♣ 나무는 바람이 센 곳에서 더 단단하게 자란다(세네카)

■ 상사

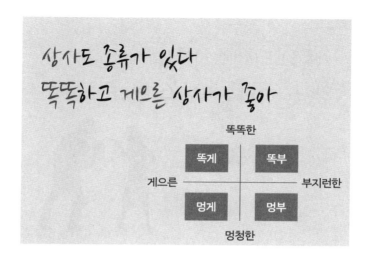

상사에도 종류가 있지. 똑똑하고 부지런한 상사, 똑똑하지만 게으른 상사, 멍청한데 부지런한 상사, 멍청하고 게으른 상사, 이렇게 네 가지 부류의 상사가 있어. 직원들이 좋아하는 상사는 '똑똑하고 게으른' 상사야. 게으르다는 것은 업무 태만이 아니라, 지시를 명확히 하고, 권한을 위임하고, 믿고 지켜본다는 것. '적보다 무서운 것은 무능한 지휘관'이야. 상사는 몸보다 머리가 바빠야 해. 새로운 일을 찾아내고, 올바른 방향을 제시하며, 뛰어난 전략과 전술을 구상해야 하기 때문이지. 그렇지 않다면 차라리 없는 것이 낫지.

♣ 좋은 상사는 방향을 제시하고 나쁜 상사는 지시만 한다(피터 드러커)

■ 상사를 이기려고 하지마라

아무리 뛰어난 직원도
무능한 상사를 이길 수 없다

윗사람에게 아부하고, 아랫사람은 함부로 대하는 상사가 있었어. 이름처럼 '딸랑딸랑'한다고 '쓰리 벨'이라 불렸지. 일에 미쳐, 회의에 미쳐, 직원들을 못살게 하는 상사도 있었지. 게다가 인간성마저 좋지 않은 상사도 있었어. 나는 상사가 되어서도 후배들과 친하고, 더 높은 상사들과는 그저 그런 관계였던 것 같아. 상사가 보기에 좀 껄끄러운 후배였다고 할까? 돌아보니, 아무리 무능해 보이는 상사라도 잘하는 게 있어 그 자리에 있는 것이었어. 일이 전부는 아니거든. 상사가 하는 짓이 미워 보여도 너무 내색하지 마!

♣ 뛰어난 부하는 상사를 이기는 것이 아니라 상사를 성장시킨다(잭 웰치)

■ 상사를 이해하라

상사도 괴롭다
그의 고통이나 너의 고통이
크게 다르지 않다

상사가 되면 자신만 바라보는 직원들이 생겨. 그런데 상사를 적극적으로 따르는 조직원은 20%에 불과하고 반기를 드는 조직원도 20% 정도, 나머지 60%는 대체로 따르며 본인의 이해득실만 챙기는 데 관심을 쏟는 사람들이래. 그들에 대한 평가, 승진, 부서 이동 등과 관련된 부담이 엄청나게 커. 그러면서 더 높은 상사도 잘 모셔야 해. 일도 잘해야 하고, 심기도 살펴야 하고, 신경 써야 할 것이 한두 가지가 아니야. 잘못하면 위아래에서 샌드위치 신세가 되기 쉬워. 상사의 고민을 조금이라도 이해하려고 노력해 봐.

♣ 다른 사람을 이해하려는 노력은 스스로를 성장시키는 과정이다
　(스티븐 코비)

■ 상사를 도와드려라

짜잔한 상사가 잘 될 수 있도록
도와드려라. 일을 통해.

군대에서 소대장, 정보장교로 일하면서 모시던 대대장님이
계셨지. 부하들을 너무 피곤하게 해서 병사들뿐만 아니라
간부들까지 대대장을 싫어했어. 그런데 막상 그분이 떠나
면서 마지막 악수를 할 때 "그동안 잘 모시지 못해 죄송합
니다"라고 말씀드렸지. 열심히 일했지만, 속으로 욕도 많이
했던 게 참 미안하더라고… 나중에 상사가 되려면 상사 입
장에서 생각하는 습관을 길러야 해. "지금 상사는 무슨 생
각을 할까?", "내가 상사라면 어떻게 할까?"와 같은 생각을
하며 상사를 도와드리면 좋지. 일을 잘하는 것으로 말이야.

♣ 도움을 주는 자가 기회를 얻는다(데일 카네기)

▪ 미모(MIMO)를 가꿔라

일 잘한다고
어느 부서에서나 데려가고
싶어하는 사람이 되라

경영은 최소(Minimum)의 자원을 투자(Input)하여 최대 (Maxiumum)의 성과(Output)를 내는 일이지. 앞 글자만 따면 '미모(MIMO)'가 돼. 일을 잘 한다는 것도 마찬가지. '자기경영(Self-Management)'을 잘한다는 말이지. 시간과 노력을 효율적으로 사용하여 높은 성과를 내는 사람은 평소에 일에 대한 공부가 되어 있고, 일하는 방식이 내재화 되어 있으며, 관련 정보를 많이 축적하고 있기 때문에 무슨 일이든 쉽게 잘할 수 있지. 그러면 여러 부서에서 서로 데려가려고 해. 그런 사람이 되어 봐. 너의 미모를 가꿔 봐!

♣ 시간과 자원을 효율적으로 사용하는 것이 성공의 비결이다
　(벤자민 프랭클린)

■ 함께 있고 싶은 사람이 되라

좋은 사람이라고
누구나 함께 일하고 싶어하는
사람이 되라

회사 내에서도 인품이 좋은 사람은 소문이 나고, 누구나 그 사람과 일하고 싶어 하지. 인품이 좋다는 말, 좋은 사람이라는 말은 남에 대한 배려가 깊고 이타적이라는 뜻이지. 그러나 그것을 'Yes Man'이나 술에 술 탄 듯 물에 물 탄 듯, 일 못하는 사람으로 오해하면 안돼. 일을 잘하는 것은 기본이고, 인품도 좋아야 한다는 것이지. 그런 사람이 되기 위해 노력해 봐. 꽃집에 가면 꽃을 사지 않아도 향기가 옷에 스미듯이, 향수 가게에 가면 향수를 사지 않아도 좋은 냄새가 몸에 배게 돼. 너 자신을 그런 향기 나는 사람으로 가꿔 봐!

♣ 좋은 사람들과 함께하면 세상은 더 넓어진다(오프라 윈프리)

■ 이미지 메이킹

좋은 이미지 쌓기는 힘들어도
나쁜 모습 보이기는 순간이다
어느 때든 찡그리지 마라

한국인들을 만난 경험이 있는 외국인들은 친절하다고 말하지만 그런 경험이 없는 외국인들은 한국인들이 '무뚝뚝하다'고 해. 아마 우리나라 사람끼리도 잘 모르는 상태에서는 그런 인상을 줄 수 있어. 가만히 있어도 무뚝뚝해 보이는데, 인상을 쓰고 얼굴을 찡그리며 눈살을 찌푸리면 좋을까? 회사에서 자주 인상을 쓰면 반항아처럼 보이기 쉽지. 그리고 안 좋은 소문은 우사인 볼트보다 더 빨리 퍼져나가는법. '찡그리지 않으면 행복해진다'고 했어. 거울을 두고 자주 쳐다봐. 이왕이면 웃는 얼굴! 사소한 것에 목숨을 걸어!

♣ 첫인상은 말보다 먼저 도착한다(윈스턴 처칠)

■ 화(Anger)

성격이 운명을 만든다
절대로 화내지 마라

괜히 화내는 사람이 있겠어? 뭔가 마음에 안 드는 일이 있으니 화가 난 것이지. 원수는 외나무다리가 아니라 회사에서 만난다고 했어. 부당한 지시, 비인격적인 언행, 무시당하는 느낌 등 회사에서 화를 낼 일은 차고 넘쳐. 그때마다 화를 잘 내는 사람도 있고, 그렇지 않은 사람도 있어. 성격 탓이지. 화도 자주 내다보면 습관이 되고 그것이 운명을 만들어. 화가 많은 사람은 스스로 무덤을 파. 사람들은 그 사람이 화를 낸 이유는 잊어버리고 화를 낸 모습만 기억해. 그리고 그 사람이 판 무덤을 덮어줘. 아주 자라고..

♣ 화를 다스릴 줄 아는 자가 가장 강한 자다(아리스토텔레스)

■ 비방

누구든 비방하지마라라
그 사람도 다 아는 수가 있다

어떤 이유에서든 남을 비방하는 것은 잘못된 일이야. 누군
가를 비방하면, 거기에 맞장구를 친 사람은 입이 근질근질
해. '누가 누구를 이렇게 욕하더라'고 떠들고 싶어 안달이
나. 그러다 어떤 기회에 "임금님 귀는 당나귀 귀"라고 외치
게 돼. 발 없는 말이 천 리도 가고 만 리도 가다 보면 상대
방도 네가 욕했다는 것을 금방 알게 돼. 그럼 사과하고 변
명하는 데 시간이 걸리고, 한 번 손상된 인간관계는 회복이
힘들지. 상대방도 너만큼의 정보력은 다 있어. 단점 보다는
장점을 봐! 마음에 안 드는 사람일수록 더 그렇게 해 봐.

♣ 남을 험담하는 사람은 결국 자신을 험담하는 것이다(벤자민 프랭클린)

▪ 즐거운 일터

미래로 가는 꿈터
가족의 행복을 위한 삶터
너와 나의 일터

집안마다 '가풍'이 다르듯이 회사마다 '문화'가 달라. '세련된' 삼성, '저돌적인' 현대처럼 말이야. 조직문화는 조직원의 행동을 지배하는 규정, 제도 같은 공식적인 시스템과 비공식적인 분위기 같은 것이야. 그런데 좋은 문화를 만들 책임은 각자에게 있어. 회사는 많은 사람이 함께 어우러져 일하는 '너와 나의 일터'니까 말이야. 답답한 조직도 유쾌한 한 사람에 의해 바뀔 수 있어. 어느 부서, 어떤 직급에 있더라도 '신나는(Fun) 조직문화'를 만들기 위해 노력해 봐. 그전에 너 자신이 먼저 '스스로 유쾌한 사람'이 되어야 하겠지.

♣ 행복한 직장이 성공한 직장이다(리처드 브랜슨)

■ 소통

말이 통해야
함께 일을 하고 싶지!

조직내 문제의 60%는 소통의 부재 때문이라고 해. 바벨탑이 실패한 것은 탑을 쌓는 사람들이 서로의 말을 알아듣지 못하게 되었기 때문이라고 하지. 상사와 부서원, 또는 부서원 상호 간의 소통에 문제가 생기면, 일의 지시나 통제, 정보 공유, 동기 부여 같은 것들이 잘 될 수 없어. 문제의 본질은 마음인 것 같아. '사랑하는 사람은 못 만나서 괴롭고, 미운 사람은 만나서 괴롭다'고 했어. 상사든, 동료든 미운 놈과는 말도 섞고 싶지 않지. 그래도 열린 마음으로 미움을 버리려고 노력해 봐. 어쨌든 함께 살아야 하니까.

♣ 말 한마디가 관계를 변화시킬 수 있다(헬렌 켈러)

107

■ 선배

어떤 위치에 오를 때까지
인내하고 또 인내하는 사람

후배들에게는 '무한책임'을 지려고 노력했어. 선배니까. 일을 가르쳐 주는 것은 물론, 교육이나 연수 기회가 생기면 앞장서서 보내주고, 밥 사주고, 술 사주고, 택시 태워 보내는 등 온갖 짓을 다했지. 후배들 중에는 유난히 더 마음이 가는 후배들도 있었어. 그런데 선배로서 그 친구들을 더 끌어 주려면, 그렇게 할 수 있는 위치에 오를 때까지 더 참고 인내해야 한다는 것을 나중에 알았어. 고기 잡는 법을 잘 가르치고, 실제로 큰 고기도 잡아 주어야 좋은 선배라는 것 말이야. 후배들 잘 챙기는 것도 좋지만, 우선 너를 키워라!

♣ 좋은 선배는 후배가 더 멀리 나아가도록 돕는다(존 우든)

■ 후배

승진은 상사가 시키지만
퇴직은 후배가 담당하게 돼

축구장에 가 봐. 관중 수가 많을수록 선수들은 더 신이 나서 열심히 뛰어. 사람들은 누군가 관심을 가지고 지켜보면 더 분발을 해. 이를 '사회적 촉진 현상'이라고 하지. 회사에서도 후배들이 많아지면 신경이 쓰여 일도 더 열심히 하게 돼. 후배는 선배를 비추는 거울이니까… 상사에게 잘하는 것처럼 후배에게도 잘해야 해. 어리숙해 보여도, 그중에 누군가는 너를 앞질러 임원도 되고, 사장도 될 수 있어. 한 번 후배라고 영원한 후배가 아니라는 말이지. 자라나는 후배들을 느끼며 더 열심히 일해. 계속 후배들을 앞서 가!

♣ 후배는 당신이 걸어온 길을 보고 배운다(앤드류 카네기)

▪ 코칭

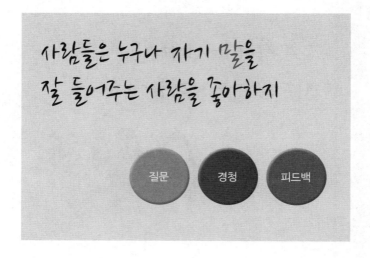

사람들은 누구나 자기 말을
잘 들어주는 사람을 좋아하지

질문   경청   피드백

사람들이 잠재력을 잘 발휘하도록 돕는 것을 코칭이라고
해. 코칭의 기본은 질문, 경청, 피드백인데, 무엇이 가장 중
요할까? 4,700년 전 이집트에서 만든 관리 지침에 이런 말
이 있어. "백성으로부터 청원을 듣는 입장이라면, 그가 무
슨 말을 하든지 귀를 기울여라. 그의 말을 잘 경청하는 태
도를 보이면, 그만큼 그의 마음에 위안을 주는 것이다." 수
천 년 전 리더들도 남의 말을 잘 안 들었나 봐. 지금도 그런
리더들이 많지. 인간의 진화는 실패한 것일까? 리더가 되든
아니든, 항상 남의 말을 잘 들어주는 사람이 되어 봐.

♣ 잘 듣는다는 것은 상대를 존중하는 가장 중요한 방법이다(칼 융)

■ 동기부여

무조건 하라고 하면 일이 될까?
평안감사도 싫으면 그만이지

사람들은 누구나 자신을 대단한 사람으로 생각해. SNS를
봐 봐! 다들 자기 자랑하느라 정신이 없어. 그런 사람들이
회사에만 오면 일을 잘 못해. 어떻게 해야 할까? '성과=f(역
량+태도)×동기부여'라고 해. 일하고 싶은 동기를 강하게 만
들수록 성과가 극대화된다는 것. 동기부여의 방법에는 칭
찬과 인정, 지원, 신뢰 같은 것들이 있지만, 그 사람에게 결
핍된 욕구를 채워주는 것이 첫 번째야. 배가 고픈데 칭찬만
하면 동기부여가 될까? 1년 내내 꽃이 피어 있으면 벌들이
꿀을 모을까? 먼저, 그 사람에게 무엇이 부족한지 찾아 봐!

♣ 동기부여는 불꽃과 같아서 지속적으로 지펴야 한다(지그 지글러)

▪ 일 & 사람

깊어지려면 일이,
넓어지려면 사람이 먼저?

일이 먼저일까, 사람이 먼저일까? 미국에서 성공한 사람 300명을 조사했더니, 능력이나 노력이 뛰어나서 성공한 사람은 15%, 인간관계를 잘해서 성공한 사람들이 85%였대. 또, 실패한 1만 명을 대상으로 조사를 했더니, 전문 지식이나 기술 부족으로 실패한 사람은 15%. 인간관계의 잘못으로 실패한 사람들이 85%였대. 일도 중요하지만 인간 관계가 훨씬 더 중요하다는 것이지. 인간관계의 기본은 근자열 원자래(近者悅遠者來)야. 주변 사람들에게 잘하면 멀리서도 소문을 듣고 찾아온다는 것. 우선, 옆 사람에게 잘해 봐!

♣ 일은 기술로, 사람은 마음으로 다뤄라(데일 카네기)

■ 밥 먹기

누구든 점심을 함께 해라!
좋은 관계의 시작이다

점심 때 약속이 없으면 혼자 먹어야 해. 요즘은 그야말로 '혼자의 시대'야. '혼밥', '혼술', '혼영' 같은 말들이 등장한 지 벌써 오래야. 1인 가구가 급격하게 늘어 싱글슈머(Single Consumer), 포미(For me)족, '솔로 이코노미' 같은 말들이 자리를 잡았어. 이 시대 유일한 친구는 나보다 더 외로워 나를 따르는 그림자 뿐이라고 할까? 그것도 낮에는 안보이잖아? 낮이 더 외롭네? 그렇다면 낮에는 회사에서 친해지고 싶은 누군가와 약속을 잡아. 밥을 함께 먹는 것은 좋은 관계의 시작이야. 밥을 같이 먹는 식구(食口)가 되는 것이지.

♣ 밥을 함께 먹는 것은 관계를 쌓는 가장 쉬운 방법이다(조지프 바텔)

■ 어울림

더 친해지고 싶으면
함께 먹고, 마시고, 놀고…

점심을 함께하면 비즈니스적인 관계가 깊어져. 더 친밀한 관계가 되려면, 함께하는 시간이 늘어야 해. 동호회나 봉사 활동에 참여하여 함께 땀을 흘리고, 먹고, 마시고, 놀다 보면 서로를 이해하는 폭이 훨씬 넓어지지. '흘리는 땀방울, 마시는 술잔에 스트레스는 사라지고 우정이 싹튼다'라고 할까? 가장 좋은 우리말 중 하나가 '어울림'이야. 둘 이상이 서로 조화를 이룬다는 뜻이지. 따지고 보면 사람은 어울림으로 살아. 가정도 회사도 어울림에서 시작되는 거야. 어울림은 서로가 아군이 되는 길이야. 밀어내지 말고 어울려 봐!

♣ 혼자 가면 빨리 가지만, 함께 가면 멀리 간다(아프리카 속담)

■ Give & Take

함께 사는 삶의 기본은 'Give & Take'야. 내가 한 번 샀으면, 다음에는 네가 한 번 사는 것이지. 아무리 후배라지만 입만 가지고 다니는 애가 있어. 그런 일이 반복되면 나중에는 싫어지기 마련이지. 더 나쁜 것은 후배들에게 얻어먹고 다니는 선배 놈이야. 샤일록이나 자린고비의 후예인가? 만인의 기피 대상이지. 요즘은 각자 카드로 결제하고 밥을 먹으니까 좋잖아? 과거에도 그랬다면 돈을 좀 모았을 것 같아. 그래도 내가 조금 밑지고 사는 게 좋은 인생이야. 얻은 것보다 무엇 하나라도 더 내놓는 것이 마음 편한 일 아니겠어?

♣ 주는 것이 먼저다, 받는 것은 나중이다(애덤 그랜트)

■ 글로벌 호구

호의가 계속되면 권리인 줄 안다
돈이든 일이든 다 마찬가지다

회사 생활 내내 100번 사주면 1번 얻어먹는 정도로 살았어.
내가 돈을 내는 자리가 아니면 가는 게 꺼려졌어. 미국에서
1년 동안 살았을 때도 한국 학생들 밥 많이 사줬지. 전생에
'글로벌'하게 온 세상에 빚을 졌나 봐. 남의 부서, 남의 일도
많이 해줬지. 쉬는 시간 없애 가며, 주말도 반납해 가며 일
을 해주곤 했어. 나는 천만 원 이상 들여 공부한 것도 남들
에게는 공짜로 가르쳐줬지. 그러다가 알았어. '호의가 계속
되면 권리인 줄 알고 계속 요구한다'는 말이 사실이라는 것
을.. 우리 딸은 그러지 마라. 까딱하면 글로벌 호구 된다.

♣ 세상을 알지 못하면 세상에 이용당한다(나폴레옹)

116

■ 회사를 떠나는 이유

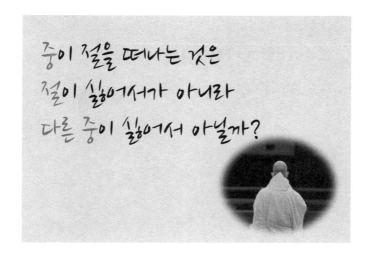

중이 절을 떠나는 것은
절이 싫어서가 아니라
다른 중이 싫어서 아닐까?

"절이 싫으면 중이 떠나라"고 해. 부패한 절을 개혁하려고
애쓰지 말고 떠나라는 말이지. 꼬우면 나가라는 것. 속세를
떠나 해탈을 꿈꾸는 스님들이 사는 곳도 그 모양인데, 온갖
이기적인 욕망들이 뒤엉켜 있는 회사는 어떻겠어? 가만히
보면 직원들이 회사를 떠나는 것은 "회사가 싫은 게 아니라
함께 일하는 인간들이 싫어서"인 것 같아. 특히 성격이 나
쁘고 멍청한 상사는 직원 방출의 일등 공신이지. 그런 상사
는 직원들이 이를 갈고 나가게 만들어. 몸이 떠난다고 마음
마저 떠나게 만들어 직원들을 보내면 안 되는데 말이야.

♠ 사람은 회사를 떠나는 것이 아니라, 상사를 떠난다(마커스 버킹엄)

117

■ 조심조심

부서에도 보이지 않는
스파이가 있다

회사 내에도 '정치'를 하는 사람들이 있어. 자기 부서보다
인사팀, 감사팀, 경영지원팀 같은 부서와 친하게 지내는 사
람들 말이야. 힘이 있거나 돈을 쥔 부서에 줄을 대고 있다
고 할까? 누구누구 라인이라고도 하지. 그 사람들은 암암리
에 자기 부서의 일을 일러바치는 '스파이' 역할도 할 것 같
아. 또, 힘 있는 부서에서 각 부서에 심어 둔 사람도 있어.
부서원 중 누가 그 사람인지 모르니까 조심해야 해. 입도
조심, 행동도 조심. 회사 생활도 쉽지 않아. 일만 잘하면 될
것 같은 밥벌이의 뒷면이 사실은 많이 치사하다고 할까?

♣ 신중함은 안전의 어머니이다(윌리엄 셰익스피어)

■ 그들만의 리그

회사에도 성골, 진골이 있고
출세한 6두품들도 있지
하나회도 있고…

회사에도 계급이 있어. 눈에 보이는 사장, 부사장, 임원 같은 공식적인 직급 외에 보이지 않는 비공식적인 권력 집단이 있지. 회사를 만든 회장이나 그의 가족들 같은 '성골' 계급이 있고, 창업 공신들 같은 '진골' 계급도 있고, 머슴들 중에서 이 두 부류의 사람들과 엮여 남들보다 일찍 출세하는 '6두품'들도 있어. 또, 회사 기수보다 군대 기수를 앞세우는 '하나회' 같은 조직이나, 학연과 지연으로 맺어진 비공식 조직도 있어. 잘못하면 언제 어디서 화살이 날아올지 몰라. 언젠가는 꼭 좋은 샷을 날리기 위해 고개를 들지 마!

♣ 비공식 조직은 공식 조직의 목표와 방향에 혼선을 줄 수 있다(미상)

■ 성공한 직장인

임원은 임시 직원이야
기간내에 성과를 못내면
금방 짐을 싸야 하지

'임원'은 '성공한 직장인'을 상징하는 말이지. 임원이 된다는 것은 군대에서 '별'을 다는 것과 같아. 가문의 영광이지. 뛰어난 리더십, 높은 책임의식, 탁월한 능력을 바탕으로 뛰어난 성과를 내야 임원이 될 수 있어. 실수가 있어서도 안되고 운도 좋아야 해. 그렇게 어려운 관문을 뚫고 임원이 됐다고 다 끝난 게 아니야. 다시 실적과 싸워야 해. 실적을 못내면 금방 아웃이야. 그래서 '임원은 임시 직원의 약자'라고 해. 일찍 잘리면 정년까지 일하는 부장보다 더 못할 수도 있어. 그래도 임원이 좋아. 임원을 목표로 열심히 일해 봐.

♣ 더 높은 위치에 오를수록 더 큰 의무와 책임이 따른다(윈스턴 처칠)

■ 성공

운칠기삼(運七技三)
가지곤 부족한 것 같아
운구기일(運九技一)
정도는 되어야 한다고 할까?

'운칠기삼(運七技三)'이라는 말 알아? 성공에 있어 재주(技)가 차지하는 역할은 30%밖에 안 되고, 나머지 70%는 운(運)이라는 말이지. 회사에 부장 진급한 지 2년도 안 돼 임원으로 승진한 분이 있었어. 많은 사람들이 '운구기일(運九技一)'이라며 부러움과 질시의 눈길을 보냈지. 실제로 임원이 되기 위해서는 운이 좋아야 하는 것 같아. 그런데, 운도 어쩌면 노력의 산물 아닐까? "열심히 일하면 일할수록 나는 점점 더 운이 더 좋아졌다"고 말한 사람도 있어. 일단 네 할 일을 다 하고 기다려 봐. 뜻밖의 큰 행운이 찾아올지 누가 아니?

♣ 기회가 오면 잡을 준비가 되어 있어야 한다(토마스 제퍼슨)

■ 보신주의

사원 때 본 임원이나
부장 때 보는 임원이나
그 놈이 그 놈이면
슬픈 일이지

사원 때 임원은 직급이 주는 무게감으로 위대해 보였어. 그런데 점점 승진을 하고, 임원과의 거리가 좁혀지는 걸 느끼면서 생각했지. "사람만 바뀌고 하는 짓은 같다면 무슨 발전이 있겠냐?"고.. 자기 평가와 더 높은 분들 비위 맞추기에 급급한 임원들을 보면서 생각했어. "임원은 혁신하는 사람이 아니라 그냥 상급 관리자일 뿐이구나." 또, "우리 회사에는 지점장 출신만 있지 진짜 경영자가 없구나"라는 생각도 많이 했어. 맨날 하는 짓이 똑같으니까. 그런데 그렇게 해야 임원이 되고, 더 높은 임원이 되니 어쩌겠니?

♣ 안전한 길만 찾으면 혁신은 없다(스티브 잡스)

122

■ Success Way

성공의 길은 성공한 사람 숫자만큼 많지만, 딱 2가지로 요약하면 "잘 만들든지" 아니면 "잘 팔든지" 아닐까? 내가 어떤 물건이나 서비스를 탁월하게 만들어 내든지, 잘 만들지 못하면 남들이 만든 것들을 잘 판매하는 것이지. 삼성전자의 성공은 잘 만들 뿐만 아니라, 잘 팔기 때문이야. 매년 목표가 15% 이상 높아져도 결국은 그것을 해내거든. 아무리 좋은 물건이나 서비스를 만들어도 잘 팔지 못하면 '꽝'이지. "하수는 물건을 팔고, 고수는 마음을 판다"고 하는데, 그런 면에서 삼성전자는 고객의 마음을 잘 읽고 있다고 할까?

♣ 성공의 열쇠는 목표를 설정하고 그것을 이루기 위해 꾸준히 노력하는 것이다(존 D. 록펠러)

■ 처신

자신을 최대한 낮추고
상대방을 최대한 높이고

우리가 자주 쓰는 귀한 말 중 하나가 '복(福) 많이 받으세요'
인데, 복(福)에는 천복(天福), 지복(地福), 인복(人福) 3가지
가 있다고 해. 그 중에 최고의 복은 무엇일까? 당연히 인복
이지. 사람은 '누구'를 만나느냐에 따라 인생이 크게 달라질
수도 있거든. 그런 누구와 함께하기 위해서는 어떻게 해야
할까? 상사나 선배는 물론 후배들까지, 사람은 누구나 대접
받기를 원해. 그래서 네가 복을 받기 위해 할 일은 '자신을
최대한 낮추고 상대방을 최대한 높이는 것'이야. 쉽지 않지
만, 세상 이치가 낮출수록 높아지는 법이니 어떡하겠니?

♣ 지혜로운 사람은 행동을 신중히 한다(공자)

124

■ 대기만성

남들은 그릇이 작아
빨리 차고 넘치지만
너는 그릇이 커서
시간이 걸린다고 생각해라

직급이 높아질수록 경쟁이 치열해져. 실력 외에 운도 따라야 해. 고령화 사회가 되고, 조직도 늙어가는데, 젊은 조직을 만든다고 갑자기 임원 승진에 나이 제한을 두는 경우도 있어. 누군가는 '페이지가 넘어갔다'는 말이 돌기도 해. 승진에서 탈락하면 '어려운 길은 길이 아닌가 보다' 또는 '늦었다고 생각할 때 가장 늦은 것일까' 같은 생각이 들어. 너무 실망하지마. '내일은 내일의 태양이 뜬다'는 말을 믿어. 그리고 다시 도전하는 거야. 회사 생활은 짧고, 인생은 길어. 나는 그릇이 큰 사람이라 시간이 걸린다고 생각해 봐.

♣ 큰 나무는 늦게 자란다(공자)

▪ 인내

결국은 못생긴 나무가
산을 지키는 법이지

"성공은 1%의 재능과 99% 돈과 빽만 있으면 된다"는 말이 있어. 요즘 시대를 대변하는 말인데, 이 말이 맞는 것 같아 슬퍼. 하지만 돈도 없고, 빽도 없는 사람도 성공할 수 있는 좋은 길이 있어. 그것은 '인내'라고 하는 길이야. 어미 닭이 달걀을 품고 병아리가 나오려면 21일을 기다려야 해. 급하다고 중간에 달걀을 깨뜨리면 안돼. 회사에서도 '못생긴 나무가 산을 지키는 경우'를 많이 봤어. 실력이 뛰어나지는 않았지만, 인내하고 버티고 기다리다 보니 운이 닿아 임원까지 된 경우지. '존버 정신'이 때를 만났다고 할까?

♣ 인내는 모든 것을 이루는 열쇠다(벤자민 프랭클린)

■ 자만

너의 성공은 잘생긴 나무들이
이미 베어지고 없는 덕분이기도 하니
너 잘났다 자만하지 마라

학벌도 실력도 별로인데, 보안 감사에 적발돼 한직이라고 할 수 있는 부서로 밀려났던 사람이 있었지. 그런데 잘 나가는 동향 선배 덕분에 다들 선망하는 곳으로 가더니, 얼마 안 돼 임원을 달고 나타났어. 그리고 여러 부서를 돌며 기고만장하더니 좋지 못한 일로 쫓겨났지. 못생긴 나무가 잘되면 제가 잘나서 그런 줄로 착각을 하는데, 사실은 좋은 나무들이 이미 베어져 사라진 덕분이지. 소설 <완장>에서 저수지 감시원 완장 하나 차고 같잖은 권력을 휘두르던 사람과 같은 짓을 하면 안 돼. 사람은 항상 겸손해야 해!

♣ 겸손은 자만보다 더 큰 힘을 가진다(윌리엄 펜)

■ 권태

직장일이 쳇바퀴 같다고?
며칠 아무 짓도 하지 않고
집에 가만히 있어봐!

전화만 하면 회사 생활이 지겹다고 하는 후배가 있어. 그런 소리를 20여 년간 듣다 보니 이제 그 후배가 지겨워졌어. 후배에게 "직장이 무슨 게임하러 나오는 곳이야? 그렇게 지겨우면 휴가 내서 며칠 동안 아무 짓도 하지 말고 가만히 있어 봐" 같은 소리를 하는 것도 지겨워졌어. 지겹다는 것은 편하다는 말이고, 편한 것은 직장 생활이 내리막을 걷고 있다는 말이지. '구르는 돌에는 이끼가 끼지 않는다'고 해. 너무 바쁘거나 일에 몰입하면 지겹다고 생각할 겨를이 없지. 일이 없으면, 일을 만들어서라도 한 가지 일에 집중해 봐.

♣ 변화가 없으면 권태가 찾아온다(헨리 포드)

■ 재미

직장은 원래 재미없는 곳이지
출근하면서 입장료도
안냈잖아?

직장이 재미있는 곳이라면 입장료를 내고 출근해야 하지 않을까? 그래도 가끔 동료나 상사 때문에 웃기도 해. 옛날 우리 과장님은 한 번도 연월차 수당을 집에 가져다 준 적이 없었대. 어느 날 퇴근하면서 보려고 '사보'를 들고 갔다가 집에 놓고 나왔대. 다음 날 퇴근을 했더니 사모님이 "여보 연월차 수당이 뭐야" 그래서 둘러대느라 혼났대. 사보에 연월차 수당을 받아 여행을 다녀왔다는 직원의 글이 실려 있던 것이지. 원래 직장은 재미없는 곳이지만, 생각하기에 따라 일 때문에 혹은 동료들 때문에 재미있는 곳이기도 해.

♣ 재미없는 인생은 인생이 아니다(찰리 채플린)

■ 애사심

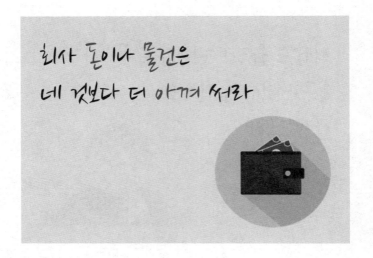

회사 돈이나 물건은
네 것보다 더 아껴 써라

회사 물건을 함부로 쓰는 인간들이 있어. 공(公)과 사(私)가 구분이 안 되는 것이지. 애사심은 별것이 아니야. 종이 한 장도 아껴 쓰는 것이지. A4지나 문구 같은 것을 집으로 가져가는 사람들도 있어. 타인이 점유하고 있는 재물을 절취하는 것을 '절도'라고 하는데 딱 그것이지. 내 것이 아닌 것을 왜 가져가는데? 법인카드를 개인적으로 쓰는 것도 마찬가지야. 법인카드는 공적인 경우에만 그것도 아껴서 써야 해. 내 것이 아니면 손을 대지 않는 것은 회사원으로서뿐 아니라 사람으로서 기본 아닐까? 항상 공사를 분명히 해라.

♣ 회사를 사랑하면 회사도 당신을 사랑한다(리처드 브랜슨)

▪ 감사

회사에 감사할 줄 모르고
사적인 이익을 챙기면
반드시 감사를 받게 될 일이 생긴다

사원 때, 점심시간에 짜장면을 먹으면서 부서원들끼리 당구를 치기도 했는데, 당구장 사장님이 말했어. "점심시간이 끝날 무렵이면 어느 회사 사람들인지 알 수 있다"고… 삼성 사람들은 게임이 끝나지 않아도 점심시간이 끝날 무렵이면 다 회사로 들어가는데, 모(某) 그룹 사람들은 회사에 전화해서 '거래처에 다녀오겠다'고 말하고는 계속 당구를 친다는 거야. 클린 오피스(Clean office)는 어떠한 부정행위도 있어서는 안된다는 의미야. 회사를 소중하게 생각하면 부정행위를 할 수 없지. 감사 받기 전에 회사에 감사해야 해.

♣ 위험을 감수하는 것보다 예방하는 것이 항상 더 낫다(프랭클린 루즈벨트)

■ 절제

직원 퇴출 사유 대부분은
돈 아니면 이성 문제다

1등을 한 영업부서장이 해외 여행을 가게 됐어. 직원들이 돈을 걷어 30만 원을 드렸어. "잘 다녀오시라"는 의미로 말이야. 그 분은 귀국하면서 50만 원 이상의 선물을 사서 직원들에게 나눠주며 감사의 뜻을 전했어. 그런데 그 부서장은 감사를 받고 징계를 먹었어. 선물을 한 것과 관계없이 일단 돈을 받은 것 자체가 문제였던 거야. 클린(Clean) 삼성에서도 감사를 받고 회사를 그만두거나 징계받는 경우를 더러 봤어. 대부분은 '돈' 아니면 '이성' 문제야. 항상 조심해야 해. 탐욕은 생각 자체를 말소, 욕망은 바지 속에 감금!

♣ 절제는 자유를 가져온다(에픽테토스)

■ 보안

열리지 못할 곳이 없다
매사 보안에 힘써라

보안 점검이 있다고 해서 어느 지점의 한 직원이 캐비닛을 잠그고 퇴근했는데, 그걸 모르는 다른 직원이 캐비닛을 또 잠그는 바람에 열어 둔 셈이 돼 버렸어. 그 지점만 한 달에 4번이나 보안 점검에 걸렸고, 열이 받은 파트장이 말했대. "도끼 가져와! 캐비닛을 확 패버릴라니까" 보안 점검이 너무 잦다보니 짜증이 나기도 했지. 경고 딱지 받은 날은 열받아서 다짐했지. "서랍 속은 '공공의 적'에 나오는 형사처럼 정리해 놓고 살고, 애사심이든 뭐든 다 잠가 버릴 거야." 웃기지만, 그래도 보안에 힘써야 해. 보안은 생명이니까…

♣ 보안은 신뢰의 또 다른 이름이다(워렌 버핏)

▪ 저장 & 백업

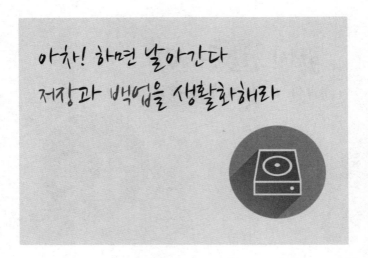

아차! 하면 날아간다
저장과 백업을 생활화해라

내가 나자신에게 분노할 때가 있지. 여러 시간 동안 작업한 것을 저장하지 않아 다시 해야 할 때, 혹은 파일을 덮어쓰는 과정에서 실수로 최신 데이터를 날렸을 때, 나의 멍청함에 치를 떨지. "일하는 중간에 저장 버튼을 누르거나 자동 저장 기능을 설정해 두면 되는데, 그걸 하지 않아 다시 작업을 해야 하다니…. 멍청하면 손발이 고생한다더니 내가 딱 그 꼴이다! 그렇게 해서 날린 시간과 노력은 어디에서 찾아야 할까? 내가 천재도 아니고 작업한 것들이 모두 기억나는 것도 아닌데, 어떡하지? 바보같은 놈! 죽자 죽어!"

♠ 데이터를 주기적으로 저장하는 것은 미래의 후회를 예방하는 일이다
　(알버트 아인슈타인)

■ 비즈니스

모든 직장 일은 비즈니스고
모든 비즈니스의 기본은 고객이란다

회사 일은 대부분 회사가 만든 제품이나 서비스를 고객에게 제공하고 이익을 창출하는 과정인데, 이를 '비즈니스'라고 해. 비즈니스의 핵심은 고객이지. 정치인의 고객은 국민, 스님의 고객은 중생들, 선생님의 고객은 학생들이듯이, 스탭의 경우에는 상사나 동료들이 고객이야. 비즈니스에 있어 게임의 룰은 고객들과 좋은 관계를 맺으면 성공, 그렇지 않으면 실패라는 것이야. 항상 네 고객이 누구인지를 생각하고, 비즈니스의 목적은 고객을 돕는 것이라는 사실을 잊지 말아야 해. 바꿔놓고 생각하면, 너 자신도 고객이니까…

♣ 고객이 없으면 사업도 없다(마이클 르보프)

▪ 월급

네 월급은 회사가 아니라
회사의 고객이 주는 것이지

회사에서 80원을 들여 물건을 만들어 고객에게 100원을 받고 팔았어. 그 80원 속에는 네 월급 같은 것들이 포함돼 있지. 고객은 그 물건이 100원 이상의 가치를 한다고 느끼면 또 사고, 그렇지 않다면 다시는 사지 않을 거야. 물건이 안 팔리면 회사는 망하고, 너는 월급을 못 받게 돼. 회사의 생존 부등식은 'V>P>C'. 회사가 들인 비용(Cost) 보다 더 높은 가격(Price)을 받아야 하고, 고객에게는 판매 가격(Price) 보다 더 높은 가치(Value)를 제공해야 생존이 가능하다는 것. 그러고 보면 네 월급은 결국 고객이 주는 것 아니겠니?

♣ 월급은 노동의 대가가 아니라, 가치의 반영이다(피터 드러커)

■ C & C

월급은 얼마면 좋을까?
네가 회사에 벌어준 것이
얼마나 되는지 생각해봐!

월급은 다다익선(多多益善)이지. 2022년 우리나라 직장인 평균 월급은 353만원, 대기업은 591만원, 중소기업은 286만원. 그러니까 중소기업에 다니는 사람은 대기업에 다니는 사람을 부러워하고, 대기업에 다니는 사람은 대기업 중에서도 연봉이 더 높은 기업에 다니는 사람을 부러워하지. 월급은 기여(Contribution)한 만큼 보상(Compensation)이 원칙인데, 대부분의 사람들은 받을 것만 생각하고 기여할 것은 생각하지 못해. 월급의 최소 3배만큼은 기여해야 회사도 살고 나도 살고, Win-Win이 된다는 것을 잊지 마라!

♣ 공헌 없이 보상을 기대하는 것은 씨앗을 심지 않고 수확을 바라는 것과 같다(로버트 루이스 스티븐슨)

■ 나눔

월급 속에는 어쩌면
동료나 후배들에게 돌아갈
부분도 있지 않을까?

본사에서 일할 때는 선후배들에게 밥과 술을 수없이 샀지.
영업 현장에서는 선물을 많이 했는데, 특히 생일을 맞은 여
직원들에게는 꼭 샤넬 립스틱을 사줬어. 모두 개인 돈으로
한 일이야. 월급은 내가 노력해서 받는 것이지만, 그 속에
는 함께 일하면서 내게 도움을 주는 동료들에게 돌아갈 부
분도 있다고 생각했거든. 사실, 나눔은 나눌 수 있는 사람
이 나누는 것이지, 여유가 많다고 꼭 할 수 있는 것은 아니
야. 그리고 받는 기쁨보다 주는 기쁨이 훨씬 더 커. 나눔도
결국은 자기 만족을 위한 일이야. 많이 나누며 살아!

♣ 나눌수록 더 풍요로워진다(마더 테레사)

■ 회의 & 회의

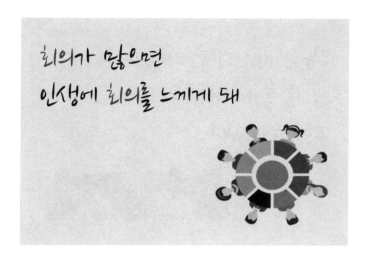

회사 생활에 회의(懷疑)를 느끼게 하는 것 중 하나가 회의(會議)야. 회의는 목적이 분명해야 해. 정보 공유나 교육? 의사결정? 아이디어 취합? 도대체 회의를 왜 하는지 그 목적이 뚜렷해야 해. 회의 시간도 언제부터 언제까지로 정해서 반드시 그 시간 안에 끝내야 하고. 그렇지 않으면 한없이 늘어져 파김치가 돼. 여럿이 하는 회의가 꼭 좋은 것도 아니야. 시간 낭비에 의견 충돌만 생길 수도 있어. 맡은 일은 무소의 뿔처럼 혼자서도 잘할 수 있어야 해. 회의가 필요 없도록 완벽하게 일해 봐. 회의는 없애거나, 줄이거나…

♣ 회의는 결정하기 위해 하는 것이지, 논의만 하기 위한 것이 아니다
　(피터 드러커)

■ 고문

무능한 상사의 전매특허는
회의를 통해 직원들을
고문하는 것이다

관리자들은 하루의 약 70%를 회의하는 데 쓴다고 해. 하루 근무시간 8시간 중 5~6시간을 회의로 보낸다는 것이지. 그러다 보니 회의를 안 하면 직무 유기를 한 것처럼 보일까 봐 '회의를 위한 회의'를 하는 사람들도 있어. 영업 조직에 있을 때는 밤새워 성과 향상을 위한 끝장 토론도 가끔 했는데, 고문이었어. 성과는 아무것도 없고, 상사가 그렇게 멍청해 보일 수가 없었어. 잠이 와 죽겠는데 무슨 아이디어가 나오겠어? 욕만 나오지. 무능한 상사는 유능한 직원들을 질리게 만들어 그 조직을 떠나게 해. 회의를 통해서….

♣ 회의는 다수의 사람들이 한 명의 게으름뱅이를 돕기 위한 시간이다
　(밀턴 베를)

140

▪ 망하는 길

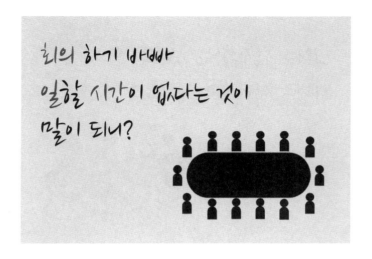

요즘 '집단지성'이라는 말을 많이 쓰는 것 같아. 다수의 개체가 협력하여 얻게 되는 집단적인 능력을 말하는데, 100여 년 전에 어느 곤충학자가 처음으로 제시한 개념이야. 개미가 개체로서는 미미하지만, 군집(群集)을 통해 높은 지능 체계를 형성하여 거대한 개미집을 만들어 낸다는 것. 여럿이 힘을 모으면 더 좋은 결과를 도출할 수 있다고 할까? 그런데 아무리 집단지성의 힘을 믿는다 해도 하루 종일 회의만 하면 되니? 그러니까 '회의하기에 바빠 일할 시간이 없다'는 말이 나오는 거야. 자주, 길게 회의하는 사이 회사는 망해.

♣ 회의를 하는 시간에 일을 했다면 이미 끝냈을 것이다(세스 고딘)

▪ 참석 & 참여

회의는 참석하는 것이고
미팅은 참여하는 것이다

직원들을 앉혀 놓고 한 시간, 두 시간씩 쪼아대는 상사들을 보면 이해가 안 됐어. 무슨 할 말이 그렇게도 많은지…. 자기가 일을 똑바로 못 시켰다는 생각은 안 하고 직원들만 나무라면 돼? 내가 선배가 되고 상사가 되어서는 말을 짧게 하려고 노력했어. 회의는 되도록 안 하거나, 스탠드 미팅 정도로 끝냈지. 무슨 회의가 됐든 '회의하자!'하면 거부감부터 생기지만, '5분 미팅!'을 하면 서로 부담이 적거든. 회의는 내 의사에 관계없이 참석하는 느낌이고, 미팅은 서로 원해서 참여하는 느낌이라고 할까? 그러니까 회의 말고 미팅!

♣ 회의에 참석하는 것과 참여하는 것은 다르다(피터 드러커)

■ 영역 확대

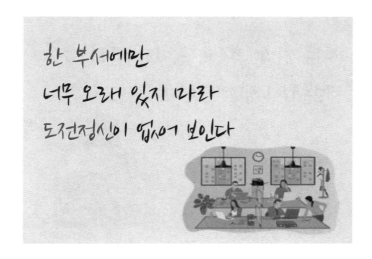

한 부서에만
너무 오래 있지 마라
도전정신이 없어 보인다

한 부서에 몇 년씩 근무하는 것은 따분한 일이야. 입사 이래 퇴사할 때까지 한 부서에서만 근무한 분도 봤어. 그렇게 되면 그 부서 일에 대한 전문성은 매우 높지만, 다른 부서 업무는 잘 알지 못하게 돼. 그분은 결국 임원이 되지는 못했어. 경험이 적어서 임원 발탁이 어려웠다고 할까? 한 부서에서 너무 오래 일하는 직원들은 도전정신이 전혀 없어 보일 수 있어. 인간관계도 한정적이고, 사고방식도 편협해 보이지. 회사에서 성장해 나가는 것도 어떻게 보면 '땅 따먹기'와 같아. 부서 이동을 통해 너의 활동 구역을 늘려야 해!

♣ 성장은 익숙한 곳을 벗어날 때 시작된다(토니 로빈스)

■ 부서 이동

너무 자주 부서를 옮기지 마라
전문성이 없어 보인다

한 부서에 발령을 받으면 최소 2년은 근무해야 한다고 하지. 그 부서의 업무를 숙달하는 데 최소로 필요한 시간이라나 뭐라나? 오래 근무할수록 업무 습득에 가속도가 붙는다는 것을 모르나? 2년 걸려 업무를 익히기에는 변화가 너무 빨라. 그런 생각에 노마드 직장인처럼 살고 싶어. 부서를 많이 옮겨 다녔지. 프로젝트 단위로 모이고 흩어지는 시대에, 회사 안에서도 프리랜서처럼 살고 싶었어. 그런데 부서를 너무 자주 옮기면 전문성이 떨어진다고 말하는 사람들도 있어. 그것도 맞는 말이야. 네 실력에 따라 마음대로 해!

♣ 전문가란 거대한 오류에 휩쓸릴 때도 사소한 실수를 피하는 사람이다
  (벤자민 스톨버그)

■ 현장 중시

과장 2년 차 때 영업 현장으로 나갔어. 본사에서 볼 때 일
개 부서장에 지나지 않는다고 생각했던 현장 관리자는 황제
였어. 인사권과 돈을 쥐고 직원들을 쥐락펴락한다고 할까?
현장에서 실제 영업이 이루어지는 과정을 보며 충격도 많
이 받았어. 본사에서는 '정도 영업'을 외치지만, 그렇지 못
한 부분이 많았지. 그렇지만 그 속에서 함께 땀 흘리며 많
이 배웠어. 다시 본사로 돌아온 후, 보고서 한 장도 그전보
다 훨씬 더 현실적으로 쓰게 됐고, 현장의 어려움을 대변하
고자 노력했어. 어느 부서에 있든 현장과의 끈을 놓지 마!

♣ 현장에 답이 있다(도요타 생산방식)

■ 경영 중시

현장만 고집하지 마라
본사 오면 보고서 한 장
제대로 쓸 수가 없다

영업 현장에서는 제품이나 서비스를 하나라도 더 팔기 위해 온갖 노력을 다해. 스님에게도 빗을 팔고, 사막에 사는 사람들에게 석유난로를 팔고, 알래스카에 사람들에게 냉장고를 파는 것을 생각해 봐. '영업의 위대함'이라고 할까? 그런데 영업만 하다가 스탭이 되면 보고서 한 장을 제대로 못 쓰는 경우도 많아. 영업만 해 오다 보니, 회사 전체를 보는 눈이 부족한 것이지. 장차 더 큰 일을 맡기 위해서는 현장과 본사를 균형 있게 바라보는 경영 감각을 키워야 해. 답은 현장에 있지만, 그 현장을 움직이게 만드는 것은 본사거든.

♣ 경영이란 현재를 관리하는 것이 아니라, 미래를 준비하는 것이다
   (피터 드러커)

146

■ 혁신

혁신은 어려운 일이다
그래도 해야 한다 매일.

2500년 전에 헤로도토스가 말했지. "우리는 흐르는 강물에 두 번 발을 담글 수 없다" 또, "변하지 않는 것이 있다면 세상 모든 것은 변한다는 사실 하나뿐"이라는 말도 있어. 시대가 변하고, 고객이 변하고, 경쟁도 변해. 그러니까 회사도 변해야 하고, 혁신이 필요해. 기존의 틀을 깨고 새로운 가치를 창출하는 것 말이야. 그런데 혁신에는 반발이 많아. 기존에 하던 대로 하면 편하거든. 그래도 해야 해. 안 하면 머지않아 망하거나 도태가 돼. 부서 일은 물론이고 개인적으로도 혁신이 필요해. 매일 새로운 사고, 새로운 행동!

♣ 혁신을 두려워하는 순간, 도태가 시작된다(스티브 잡스)

■ 핵심인력

핵심인력이 다 해줄 거라는
환상을 품지마라
실제 일은 뚝심인력들이 한다

혁신을 위해 '핵심인력'이라는 사람들을 데려오는 경우가 있어. 회장님이 "천재 한 명이 10만 명을 먹여 살린다"고 하니까, 회사도 핵심인력 확보에 혈안이 돼 외국 물 먹은 사람들을 비싸게 데려왔지. 그런데 그 사람들이 그 값을 했을까? 이공계는 잘 모르겠지만, 적어도 8~90%는 아닌 것 같았어. 오히려 회사에 와서 일을 배운 사람들이 더 많았지. 핵심인력들을 데려다 놓고 일을 제대로 시키지도 못했어. 회사가 진정으로 원해서 한 게 아니니까… 실제 일은 '뚝심인력'들이 다 했어. 회사 일이라는 것은 늘 그 모양이야.

♣ 적은 수의 뛰어난 인재가 회사를 바꾼다(일론 머스크)

▪ 외부 컨설팅

외부 컨설팅은
몰라서가 아니라
돌을 던지기 위해 받는 것이다

가끔 맥킨지 같은 곳에 컨설팅을 의뢰를 하기도 해. 그럼 그쪽 컨설턴트들이 회사에 상주하면서 조사, 보고서 작성, 중간 발표 등을 여러 차례 거친 후 최종 보고서를 내놓지. 그 친구들은 컨설팅 프로세스와 축적된 자료를 토대로 그럴싸한 보고서를 잘 만들어. 그런데 여기서도 실제 일은 각 부서의 뚝심 인력들이 하는 경우가 많지. 그 친구들이 회사일을 잘 모르거든. 왜 수십억씩 들여 그런 일을 할까? 회사에 경종을 울려 변화와 혁신을 촉진하기 위해서지. 정어리들이 있는 수족관에 메기 한 마리를 투입한다고 할까?

♣ 때때로 외부의 시선이 내부의 문제를 해결한다(피터 드러커)

■ 내부 컨설턴트

자신이 회사원이 아니라
외부에서 온 컨설턴트라는
생각으로 일해라

"나는 회사원이 아니라, 경영 컨설턴트다"라는 생각을 가지
고 일을 하면, 일을 빨리 배우고 업무 능력도 키울 수 있어.
컨설턴트는 문제를 분석하고 해결할 수 있는 대안을 내놓는
사람이야. 모든 회사 일을 '문제의식'을 가지고 바라봐. 그
러면서 "더 좋은 방법은 없을까?" 혹은 "다른 방식으로 일
하면 안 될까?"를 생각해 봐. 자꾸 그렇게 하다 보면 새로운
생각들이 떠오를 거야. 여러 가지 컨설팅 기법도 배우고 익
혀서 적용해 봐. 회사는 실전 컨설팅 역량을 키울 수 있는
아주 좋은 곳이야. 문제들이 산더미처럼 쌓여 있으니까.

♣ 가장 좋은 컨설턴트는 내부에 있다(잭 웰치)

■ 부서 이기주의

군인들이 자기 부대가
가장 힘든 곳이라고 생각하듯이
회사내 각 부서도 그렇다

혁신(革新)은 가죽을 벗기는 것처럼 낡은 것을 근본적으로 바꾸는 것이야. 그런데 혁신이 필요한 곳에는 반드시 천 년 묵은 저항 세력들이 있어. 그것들은 벗겨지지 않는 때와 같아. 이미 살과 하나가 되어 조금만 벗기려고 해도 아파 죽겠다고 난리를 쳐. 대표적인 것이 '부서 이기주의'야. 자기 부서는 절대로 안 된다는 것. '님비(NIMBY) 현상'과 같아. 그래도 혁신은 해야 해. 혹시 회사에서 혁신하는 부서에 근무하게 되면, '사돈이 땅을 사니 배가 아프다'라는 말을 뛰어넘어 그 땅에 새롭게 병원을 지어야 해. 파이팅이야!

♣ 혁신은 리더와 추종자를 구분하는 잣대이다(스티브 잡스)

■ 연(緣)

학연, 지연,
심지어 흡연에 이르기까지
연이 깊은 것은 좋지 못하다

모 부서에 갔다가 어떤 친구가 부서장에게 인사를 하는걸
봤는데, 부서장이 "몇 기?" 그러니까, 그 친구가 "몇 기입니
다"라고 했어. 그런데 그게 회사 공채 기수가 아니라 자기
네들 군대 기수였어. 그 출신도 회사 내에서 하나의 파벌이
었지. 연(緣)이 깊어, 음으로 양으로 끌어주고 밀어주는 사
이 말이야. 끼리끼리 모이는 것은 인류의 오래된 습관이지.
그러나 연이 깊으면 다른 쪽에서 배척을 당하기 쉬워. 요즘
은 학연, 지연 같은 것보다 거래처나 고객 같은 직연(職緣)
이 더 중요해. 일을 통해 만난 소중한 인연들을 잘 가꿔 봐.

♣ 사람과의 인연이 인생을 결정한다(탈무드)

■ 수도승

직장인의 삶도
수도승의 그것과 비슷하다
잘 참아야 한다

매일 수련하고 지혜를 깨닫는 곳이라는 점에서 회사나 절이 크게 다르지 않아. 스님들만 고통이 많은 것은 아닐 거야. 때로는 회사원의 삶도 수도승과 같아서, 참을 수 없어도 참아야 하는 일, 보고도 못 본 척해야 하는 일, 알면서도 모르는 척해야 하는 일이 참 많지. 성질 같아서는 금방이라도 때려치우고 싶지만 '목구멍이 포도청'이라 참는 것이지. 그런 가운데, 집에서보다 더 많은 시간을 함께 보내며 일 때문에 불화하고 애증의 관계에 놓일 수밖에 없는 사람들 모두가 어쩌면 소중한 도반(道伴)이지. 너무 미움을 갖지 마!

♣ 인내는 모든 것을 정복한다(베나민 프랭클린)

■ 교육

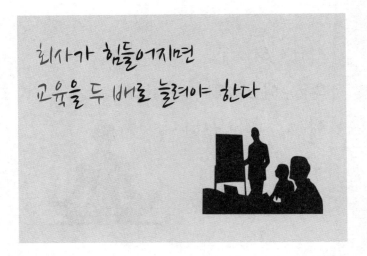

회사가 힘들어지면
교육을 두 배로 늘려야 한다

기업 교육은 직원들이 기업의 핵심 가치와 문화를 통해 일체감을 갖게 만들고, 능력을 향상시키며, 업무의 효율성을 높이고, 경쟁력을 강화하는 등 중요한 역할을 해. 그런데 회사가 어려워지면 가장 먼저 줄이는 것이 교육이야. 교육을 '졸(卒)'로 아는 것이지. 하지만, 앞서 가는 회사의 CEO들은 "어려울수록 직원들의 교육과 역량 향상에 더 많은 시간과 돈을 투자해야 한다"고 말해. 어렵다고 교육을 소홀히 하면 그 어려움에서 빠져나올 동력마저 상실하기 때문이지. 어려울수록 교육에 공격적인 투자가 필수라는 것이야.

♣ 배우기를 멈추는 순간, 성장도 멈춘다(헨리 포드)

■ 교육만능주의

교육으로 모든 것을 다 해결할 수 있다고 보는 사람들이 있어. 국가관 함양을 위해서는 역사 교육, 학교 폭력 해결을 위해서는 인성 교육, 먹고 사는 문제 해결을 위해서는 경제 교육을 바꿔야 한다는 것이야. 모든 문제가 교육이 잘못돼 생기는 것이고, 교육만 바꾸면 다 해결된다고 생각하는 건가? 세상 일이 그렇게 간단해? 회사에서도 교육으로 모든 것을 다 해결할 수는 없어. 교육은 만병통치약이 아니고, 바로 성과가 나오는 것도 아니야. 교육 만능주의를 경계해야 해. 그럼에도 불구하고 꾸준한 교육은 늘 필요하지.

♣ 교육은 시작에 불과하다. 진정한 배움은 삶에서 온다(알버트 아인슈타인)

■ 자격

너무 이런저런 자격을 따는 데
시간을 낭비하지 마라

자격증을 20여 개나 딴 친구가 있었어. 결국 회사를 그만두
고 자격증 학원에서 일한다는 이야기를 들었지. 본업으로
는 만족할 수 없어 부업을 하거나, 전직을 위해 필요한 자
격을 갖추는 것은 좋은 일이지. 목표를 세우고 시험에 들게
하는 것만으로도 충분한 '자기 보상'이 되거든. 하지만 너무
거기에 매달리지는 마. 본말이 전도되어 자격증 취득에 바
빠 회사 일에 소홀하면 이도 저도 아니게 돼. 회사 일을 열
심히 하면 자격증 취득에 비할 수 없는 더 큰 것도 얻을 수
있어. 소탐대실(小貪大失)하지는 않는지 잘 생각해 봐.

♣ 자격은 경험과 실력으로 증명된다(워렌 버핏)

■ 경조사

경조사는 눈치 게임,
낄끼빠빠를 잘해야 해

모시던 분이 상을 당해 조의금 접수를 하면서 1시간마다 1
천만 원씩 묶어 유가족에게 전달했는데, 충격이었어. 그 후
회사 생활을 하면서 수많은 경조사에 참석했지. 솔직히 별
로 친하지도 않은 사람들 경조사에 참석한 적도 많아. 경조
사에는 목돈이 필요한데, 옛날에는 다 같이 어려웠으니까
십시일반으로 돈을 모았지. 일종의 품앗이였어. 요즘은 웬
만큼 다 잘 사는데, 굳이 돈을 주고받고 해야 하나 싶어. 청
접장이든 부고장이든 따지고 보면 민폐거든. 낸 돈을 돌려
받는다는 보장도 없어. 눈치껏 '낄끼빠빠'를 잘 해야 해.

♣ 관계는 기쁨과 슬픔을 함께할 때 더 깊어진다(오프라 윈프리)

157

■ 조문

회사를 다니다 보면
영정사진을 통해 처음 본 분들
명복도 많이 빌게 돼

나이가 들수록 받는 부고장이 늘어. '조의금 내다가 내가 죽겠다'라는 생각이 들 때도 있어. 나이 든 사람만 죽는 것도 아니야. 젊어서 세상을 떠난 동료, 친구, 선·후배들이 있어. 지금도 그 사람들 얼굴이 떠올라. 동년배의 죽음 앞에서, 죽음은 바로 내 곁에 있음을 알아. 어이없는 죽음들 앞에서 많이 울었고, 가끔 밤을 새기도 했는데, 그때 알았어. "인생의 하루쯤은 남을 위해 밤을 지새우는 것도 좋은 일이다"라는 것을. 친한 분들 중 누군가 슬픈 일을 당하면 꼭 찾아가서 위로해 줘. 잠시라도 슬픔을 잊을 수 있게 말이야.

♣ 진정한 배려는 힘든 순간에 나타난다(마하트마 간디)

■ 경력 설계

경력 설계(Career Path)는 목표를 설정하고 미래의 경력을 계획하는 것이야. 회사원이니까 일단은 임원이 되는 것을 목표로 삼아 봐. 회사 조직도를 보면 임원들 포진 현황을 알 수 있어. 그중 한 자리를 네가 꼭 차지하겠다는 목표를 가져. 그리고 목표로 하는 자리에 있는 임원의 경력을 알아 봐. 현재 네 부서 임원이 걸어 온 길을 살펴보는 것이 더 쉽지. 어느 부서에 근무했고, 어떤 경력을 쌓아 왔는지 알아 봐. 그리고 너만의 경력 설계를 해. 교육, 기술 습득, 경험 등을 포함해서 네가 원하는 자리에 이르는 전략을 세워 봐.

♣ 당신이 당신의 미래를 계획하지 않으면, 누군가가 대신 계획할 것이다
  (짐 론)

159

■ 전문성

무슨 일이 됐든
한 가지에는 능통하라

예전에 일본에 있는 후지 제록스에 갔더니, 자기네는 전문성을 세 단계로 평가한다는 거야. 1단계는 자기가 담당하고 있는 업무에 대해 2시간 동안 원고 없이 이야기할 수 있는 것, 2단계는 동종 업계에서 자기와 유사한 자리에 있는 사람이 하는 일에 대해 2시간 동안 원고 없이 이야기할 수 있는 것, 3단계는 이종 업계에서 자신과 유사한 자리에 있는 사람이 하는 일에 대해 2시간 동안 원고 없이 이야기할 수 있는 것. 굉장히 단순하고 명쾌하지 않아? 세상은 넓고 전문가들도 많아. 늘 겸손한 자세로 실력을 쌓아야 해.

♣ 아마추어는 많은 것을 하지만, 프로는 한 가지를 완벽하게 한다(브루스 리)

■ 사랑

말이 잘 통하는
배우자감을 찾아라
사내에도 있다

내가 농담처럼 하는 말이 있어. "사랑의 기쁨이 뭔지 알아?
그것은 한 여자를 진득하게 사랑할 수 있다는 것이지. 그럼
사랑의 슬픔이 뭔지 알아? 그러고 싶은 여자가 많다는 것.
왜냐? 미스코리아는 매년 뽑으니까…." 세상은 넓고 사람은
많아. 회사 내에도 있을 수 있어. 나처럼 처음 만나 지금까
지 사는 사람도 있지만, 단 한발의 화살로 정중앙을 맞히기
는 어려워. 일단은 많이 만나봐야 해. 그중에서 가장 말이
잘 통하는 사람을 찾아. 말 몇 마디만 나눠 봐도 그 사람의
많은 부분을 알 수 있어. 돈보다 더 중요한 것이 소통이야.

♣ 사랑은 두 사람이 함께 같은 방향을 바라보는 것이다(생텍쥐페리)

■ 결혼

사랑만을 위한 결혼은 어리석고
돈만을 위한 결혼은 나쁘다

사내 결혼을 하는 사람을 보면, "어디 할 데가 없어 사내 결혼이냐? 이건 근친상간이야"라고 농담을 하곤 했어. 그런데 지나고 보니 사내결혼 한 커플들이 더 잘 사는 것 같아, 지금은 사내 결혼을 적극 추천하지. 또, 신입사원들에게 말했어. "곧 영업 현장 스탭으로 발령이 나면, 그곳에서 영업을 가장 잘하는 사람을 최선을 다해 도와드린 후, 그분 고객들의 아들, 딸을 소개 받아라. 영업을 잘하는 분에게는 부유층 고객이 많다. 그 고객들의 자녀와 결혼하는 것이 네 인생이 피는 길이다"라고 말이지. 속물 같지만, 괜찮지 않아?

♣ 진정한 사랑은 찾는 것이 아니라 찾아가는 것이다(미상)

■ 평가

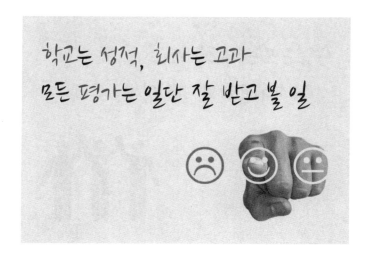

많은 회사들이 목표에 의한 관리(MBO)를 해. 직원들 스스로 목표를 설정하고, 목표 달성을 위해 열심히 노력하게 한 후, 목표 달성과 관련된 핵심 요소(KPI)들의 달성 수준을 평가하여 고과를 매기지. 고과에 따라 승진이 결정되고, 연봉이 결정되니 직원 누구나 평가에 민감해. 누군가의 평가를 받고 사는 것은 괴로운 일이지만, 하느님 빼고는 누구도, 그 고통으로부터 자유로울 수 없지. 평가는 평가를 하는 사람이나 평가를 받는 사람 모두에게 어려운 일이야. 평가는 공정해야 하고, 받는 사람은 어찌 됐든 잘 받아야 해.

♣ 평가는 성장의 거울이어야 한다(피터 드러커)

■ 승진

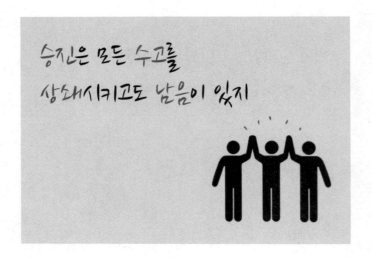

승진은 모든 수고를
상쇄시키고도 남음이 있지

회사 생활 제일의 기쁨은 '승진'이지. 대리로 승진했을 때 좋았어. 10살이나 어린 여직원이 '누구 씨' 하는 소리를 안 듣게 됐으니까. 그 후 승진할 때는 무덤덤했지만, 속으로는 좋았어. 그래서 "부족한 점이 많지만 많은 분들의 도움으로 승진한 것이니, 오늘의 고마움을 오래오래 잊지 않으려고 합니다. 회사를 더욱 고맙게 여기고, 늘 삶의 지혜를 나누는 더 좋은 동료가 되겠습니다."라는 메세지를 보냈어. 요즘은 직급 체계가 무너져 승격 기회는 남고, 승진 기회는 줄었지만, 무엇이든 '승(昇)'자가 붙으면 좋은 일이야.

♣ 승진은 기회가 아니라 실력과 태도의 결과이다(잭 웰치)

■ 인사관리

사람이 온다는 건 실은
어마어마한 일이다
한 사람의 일생이 오기 때문이다

– 정현종 시 『방문객』 중에서

소대장 때, 때가 되면 당연히 전역하는 소대원을 보내면서
도 가슴이 아팠어. 그런데 회사에서 직원을 내보내야 했을
때는 훨씬 더 힘들었지. 직원들 간의 불화와 업무 능력이
낮다는 것. 한마디로 '회사와의 궁합이 맞지 않는다'는 것.
그런데 궁합은 미리 맞춰보는 것 아니야? 이병철 회장님은
"의인물용 용인물의(疑人勿用 用人勿疑)", "의심나는 사람은
쓰지 말고, 일단 쓴 사람은 의심하지 말라"고 하셨어. 사람
을 데려오는 데만 힘쓰고, 그 뒤에는 나 몰라라 하다가 쉽
게 버린다? 그럼 인사(人事)는 망사(亡事)가 되는 것이지.

♣ 사람이 기업의 가장 큰 자산이다(피터 드러커)

165

■ 이별 준비

오늘 여기 있다고 내일도 그럴까?
언제든 훌쩍 떠날 준비는
되어 있어야 하는 것 아닐까?

큰 회사는 특별한 잘못이 없는 한 10년, 20년도 다닐 수 있
지만, 중소기업은 그렇지 않아. 우리나라 중소기업의 비중
은 98%, 그러니까 약 2% 정도만 중견기업 또는 대기업이라
는 말이지. 그리고 중소기업의 평균 근속 기간은 4~5년에
불과해. 따라서 중소기업에서 일한다면 입사하자마자 다음
회사를 준비해야 한다는 말이 돼. 사람의 인생도 마찬가지
지. 오늘 살아 있다고, 내일도 그러리라는 보장은 어디에도
없지. 어디에서나 있는 동안은 열심히 살아야 하지만, 언제
든 훌쩍 떠날 수 있도록 준비가 필요하지 않을까?

♣ 좋은 이별이 좋은 시작을 만든다(헬렌 켈러)

■ 퇴직

수십 년 열심히 일한 결과가
비자발적인 퇴직이라니...

연말이면 대기업 임원 승진 인사 소식이 대문짝만하게 신
문에 실리지. 승진은 기쁜 일이고 자랑스러운 일이니까. 그
런데 퇴직은 왠지 모르게 부끄럽고 슬픈 일이지. 승진할 때
받은 열렬한 축하는 퇴직할 때 거의 다 반납하고, 빈손과
축 처진 어깨로 회사를 나오게 돼. 20년 넘게 일한 회사에
서 퇴직을 했더니, 아무도 배웅하지 않고 경리팀 여사원이
퇴직금 정산 서류를 내밀며 "여기 사인하세요"로 끝났다는
이야기는 사람을 슬프게 해. 승진자에 대한 축하 못지않게
퇴직자들도 잘 챙겨주는 회사들이 많아졌으면 좋겠어.

♣ 퇴직은 끝이 아니라 새로운 길의 시작이다(리처드 브랜슨)

3   허무한 저녁

■ 새로운 시작

퇴근 시간 무렵에 일을 던지며
내일 아침에 보자는 상사!
김일성이보다 더 밉다!

하루 종일 뭐 하고 있다가 꼭 퇴근 시간 되면 새로운 일을 맡기는 상사가 있었어! 하루의 끝에서 새로운 시작이 열리는 거야. 그때는 '네가 인간이니?'하는 생각이 저절로 들었지. 더구나 별로 급한 일도 아닌 것 같은데 꼭 '내일 아침에 보자'고 하면 정말 '주먹이 운다'는 생각밖에 들지 않았어. 그분은 '그냥 일이 생활이고 취미'였어. 날마다 1000$(천불)이 났지만, 날마다 열심히 일했지. 나중에 다른 부서에 있었는데 부르더라? 자기 임원 됐다고…. 그리고 '공신 일당(?)'에게 참치캔 한 박스씩을 주더라고…. 참! 눈물겨웠어.

♣ 리더십은 강요가 아니라 영향력이다(존 맥스웰)

■ 산 넘어 마운틴

일 좀 잘한다 싶으면
사방에서 일을 시켜!

퇴근하려고 하는데 영업 본부 임원께서 오래. 사장님이 새
로 오시는데 '판매 채널 혁신 방안'을 좀 수립해 달래. 내 일
도 바쁜데, 남의 일까지? '언제까지요?' '한 일주일이면 안
돼?' '자기 팀 직원들 놔두고 왜 나 한테 시키지?'라는 생각
이 들었지만, 그냥 하기로 했어. 부서 일 끝내고 또는 퇴근
후 작업을 해서 50페이지 보고서를 만들어 드렸더니 아주
잘했다고 하셨어. 그것 말고도 여러 가지 일을 해 드렸지.
남들 쉴 때 나는 왜 이런 짓을 해야 하나 싶었지만, 일을 통
해 한 단계 더 성장하는 기회라 생각되어 감사하기도 했어.

♣ 산을 넘으면 또 다른 산이 있다. 그러나 멈추지 않는 자가 정상에 오른다
  (공자)

■ 일몰

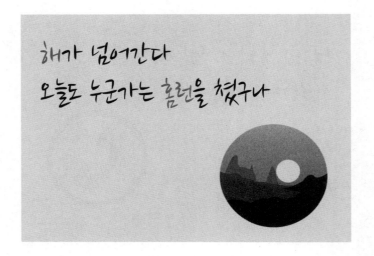

해가 넘어간다
오늘도 누군가는 홈런을 쳤구나

퇴근 무렵에 뜬금없이 또다른 일을 받고 열도 받아 담배 한 대 태우려고 밖으로 나오면 하루가 저물고 있어. 해가 산등성이를 막 넘어가려고 해. 그 야구 볼 같은 해를 보며 생각하지. '아! 오늘도 누군가는 홈런을 쳤구나!' 해가 야구장 펜스 같은 산을 그냥 넘어가는 것이 아니라, '누군가는 혹은 여럿이 함께 가치 있는 꿈을 꾸고, 그날그날 홈런을 치기 때문이 아닐까' 하는 생각이 들지. 나는 아침 7시부터 타석에 들어서서 계속 병살타만 친 것 같아 미칠 것 같아. "안타 하나 제대로 못 치는데 언제쯤 홈런을 칠 수 있을까?"

♣ 일몰이 아름다운 이유는 하루가 충실했기 때문이다(존 러스킨)

■ 석양

누군가에겐 희망이 될
그러나 지금 나에겐 슬픔인 해!

열심히 일했어도 저녁때만 되면 허무해. 일이 힘들 때보다 가치가 없어 보일 때 더 맥이 빠져. 그런 날은 저무는 해를 보며 한탄을 해. "사라져 가는 저 태양은 다른 곳 어딘가에서는 넘실대는 희망으로 다시 태어나, 그쪽 누군가에게 희망과 기쁨을 주겠지? 그러나 지금 나에게 저 태양은 무력감만 남겨 주고 훌쩍 떠나는 저만의 노래일 뿐. 내 것이 아닌 저만의 것. 그래서 더욱 슬픈 오늘 하루는 내가 현관문을 들어설 때 반기려다 멈칫하는 아내의 서글픈 눈동자로 각인되며 그렇게 사라져 가겠지?" 잘 가라! 이 써글놈의 해야!

♣ 석양은 하루의 마침표가 아니라, 내일을 준비하는 쉼표다(빅터 위고)

■ 부러움

나는 다시 들어가
2부 작업 해야 하는데
저분은 때맞춰 퇴근하시는구나!

'군대가 전쟁을 준비하는 곳이라면, 사회는 전쟁터'라고 했던가? '평화를 위한 전쟁 같은 삶을 사는 곳이 사회'라고 했던가? 저무는 오후에 누구는 '무량수전 배흘림 기둥에 기대어' 우리 전통문화의 미학을 이야기하는데, 나는 회사 주차장 벽에 기대어 담배를 피우며 2부 작업을 생각했지. 그리고 퇴근을 기다리는 임원들의 고급차를 부럽게 바라보기도 했지. 그러면서 또 생각했지. "저 임원분도 2부 작업하러 가는지 몰라. 임원들의 주 임무가 감독기관이나 관련 회사 접대 아니야? '술 상무'하러 가는걸까? 부러워하지 말자!"

♣ 남을 부러워하기보다, 나를 키우는 데 집중하라(테오도르 루스벨트)

■ 푸념

거의 매일 야근하는 부서는
야근 수당 말고 월급 자체가
달라야 하는 것 아니야?

저녁 무렵, 2부 작업을 위해 저녁 먹으러 나오다 만나는 다른 부서 사람들, 전부 퇴근 중! 남들은 다 퇴근해서 저녁을 집에서 먹는데, 우리는 또 맨날 먹는 김치찌개? '아무리 기획부서라서 일이 많다고 하지만, 그것도 하루 이틀이지. 거의 매일 야근인데 이렇게 되면 부서별로 월급이 달라야 하는 것 아니야?' 이 부서에 온 후 한참 지나서야 야근 수당이 있다는 것을 알았지만, 눈치가 보여서, 짠한 회사 생각해서 청구한 적도 거의 없는데, 이건 너무하는 것 아니야?' 하는 생각이 들지. 빨리 집에 가고 싶어 그냥 해보는 생각이야.

♣ 원망은 과거에 머물게 하고, 용서는 미래로 나아가게 한다(오프라 윈프리)

근로기준법상 야근은 오후 10시부터 다음 날 오전 6시까지 일하는 것. 그리고 퇴근 시간 이후부터 오후 10시까지 일하는 것은 '연장 근로'나 '잔업'이래. 그럼 "우리 부서는 연장 근로를 밥 먹듯이 하고, 야근도 자주 하는 것이네! 왜 그럴까? 회사에서 일 잘한다는 사람들을 모아 놨더니 오히려 일을 못하는 것일까? 근무 시간 내에 끝마치지 못할 정도로 일이 너무 많은 것일까? 아니면 안 해도 되는 일을 하고 있는 것은 아닐까? 어쨌든 빨리 끝내야 하는데, 오늘은 일이 생각보다 잘 안돼 미쳐버릴 지경. 돌지 말자, 돌지 마!"

♣ 하루를 두 번 사는 사람만이 더 많은 것을 이룬다(나폴레옹)

176

■ 집에 가자

일 끝, 고생 끝
오늘 하루는 아직 아님!

새벽이 오는가 싶이 달려온 회사. 벌써 밤이 깊어가는 걸 느끼며 퇴근 준비를 하지. 이제쯤 잠들 귀여운 딸들과 기다림이 일과가 된 아내와, 어디에 있든 그로 인해 포근한 내 가정의 내음이 나를 기다리겠지? 조금 일찍 퇴근해 저무는 하루를 커피 수저로 저어도 좋을 텐데, 늘 무거운 업무와 공허한 보람이 먼저 찾아와. 일과 가족을 함께 사랑해야 하는 이 땅의 좋은 아빠들. 나도 그중의 한 사람일까? 이 밤의 무게가 삶의 버거움보다 가족의 포근한 웃음처럼 가벼울 수 있다면, 조금은 늦어도 괜찮지 않을까? 너, 오늘 고생했다!

♣ 세상에서 가장 따뜻한 곳은 집이다(조지 A. 무어)

■ 퇴근

가장 늦게 사무실 문을 닫으며
오늘의 기쁨도 슬픔도 모두 잠근다

매일 그렇지만, 오늘도 힘든 하루였어. 맹자가 그랬지. "하늘이 사람에게 큰 임무를 내리고자 할 때는 반드시 먼저 그 심지를 괴롭게 하고, 그 근골을 수고롭게 한다"고… '나는 그런 큰 인물이 안 돼도 좋으니, 2부 작업한 것 가지고 내일 별일이나 없으면 좋겠다'는 생각을 하며 문을 닫아. 지점장 시절에는 가장 먼저 나와 열었던 문을 가장 늦게 나 혼자 잠그며, DMZ 수색, 매복 들어갈 때의 철문을 생각했지. 철문이 '쾅' 소리를 내며 닫히는 환청과 함께 그날의 피곤도, 온 하루의 고민도, 때로는 애사심까지 다 잠그고 나왔어.

♣ 퇴근이 있는 삶이 진짜 삶이다(칼 구스타프 융)

■ 허무

하루 종일 죽어라 일했는데
남는 게 뭐지?
오늘도 공수래 공수거?
(空手來空手去)

회사 밖을 나서면 이미 어둠이 짙어. 일을 열심히 하고 보람도 큰 날은 밤 공기도 무척 상쾌해. 어둠에 젖은 도시의 불빛도 아름답지. 중세 시대 길드 상인들이 "도시의 불빛은 인간을 아름답게 만든다"고 했다더니, 딱 그거야. '그래! 이런 맛으로 일하는 거야!' 하는 느낌이 와. 하지만 온종일 시답잖은 회의나 일만 하다가 맥이 빠져 나오는 날에는 그 느낌이 전혀 없어. 괜히 바보가 된 느낌? 열심히 한 것 같기는 한데 남는 게 없는 느낌? 그래서 '오늘은 빈손으로 왔다가 빈손으로 가는구나' 싶어, '오늘은 버린 날'이 되는 거지.

♣ 허무함은 의미를 찾지 못한 마음이 보내는 신호다(프리드리히 니체)

■ 꾼

한 분야에서 오래 일하면
적어도 전문가 내지 무슨 무슨 꾼
소리 정도는 듣던데 나는?

열심히 살았다 싶은데 뭔가 허전해. 직장에서 힘들 때는 일
이 많을 때가 아니야. 사람은 인정을 받을 때 행복해. 돈이
나 승진의 문제가 아니지. 저녁 때만 되면 힘이 빠지는 것
은 전문성이 느껴지지 않는 일 탓이야. 유망한 자격증을 따
서 그 일을 하지 않는 한, 일반 직장에서는 30년을 일해도
아무 전문가도 아니기 쉬워. 그래서 퇴근길이 쓸쓸해. 더
늦기 전에 뭔가 해야 해. 늦었다고 생각할 때가 가장 빠른
때라고 하잖아? 그런데 뭐부터 하지? 늘 생각만 하고, 일에
치여 시도도 못 하고….그러다 어느새 퇴직할 때가 오겠지?

♣ 전문가는 문제를 정확하게 진단하고, 효과적인 해결책을 제시할 수 있는
　사람이다(피터 드러커)

■ 갈등

그냥 가? 한 잔 해?
퇴근만 하면
길을 잃어버리는 당신!

퇴근하고 회사 밖으로 나오면 스물스물 갈등이 일어나. '한 잔 해? 말아?' '해'와 '말아'가 다투기 시작하지. '해'가 말해. "너 오늘 회사에서 열받은 것을 집에까지 데리고 가서 안방에 풀어놓으면 뭐가 되겠니? 그러면 안 돼. 한 잔하면서 열 좀 식히고 가!" 그럼 '말아'가 끼어들어. "이미 시간이 늦은 것 같은데, 웬만하면 좀 참아 봐. 집에서 기다리잖아. 네가 무슨 석수장이야? 집사람과 애들을 망부석 만들래?" 여기서 '말아'가 이기면 '좋은 아빠', '해'가 이기면 '나쁜 아빠'가 되는 것. 나는 자주 '해'가 이겼어. '나쁜 아빠'였던 거지.

♣ 선택은 순간이지만 그 결과는 평생 영향을 끼친다(엠제이 드마코)

■ 위로가 필요

오늘은 내가 나를
위로할 필요가 있어!

본사에 있을 때는 창의적이고 혁신적인 일을 제안하고, 그 일을 맡아 잘 추진해서 인정을 받을 때, 영업 현장에 있을 때는 목표를 초과 달성해서 칭찬을 듣고 어깨에 '뽕'이 들어간 날, 고생했다고 나를 위로하지. 물론 그 반대의 경우도 많아. 어떻게 잘한 일만 있겠어. 그때마다 가장 먼저 나를 위로할 필요가 있어. 가장 짠한 것은 나니까. 그리고 어차피 다시 딛고 일어서야 하는 사람도 나니까. 남들의 100마디 위로보다 내 스스로 자신에게 던지는 한마디가 더 효과적이지. "가장 낮은 곳에 '그래도'라는 섬이 있다"고 했거든.

♣ 위로란 정답을 주는 것이 아니라, 곁에 있어 주는 것이다(헨리 나우웬)

■ 소주

아귀다툼하고 희로애락하고
생로병사하는 아수라의 술

- 김훈 『허송세월』중에서

신입사원 때, 월급은 술 먹으라고 주는 줄 알았어. 하루하루가 힘들었지. 첫 부서가 사고를 조사하는 조사과였는데, 주제곡이 '오늘도 걷는다'였어. 회사를 2년 다니다가 입대해 배치된 곳이 최전방 수색대대. 거기도 주제곡이 같았어. 천리행군은 물론 수시로 걸었지. 회사 첫 부서에서는 거의 매일 소주를 마셨어. 소주는 안 좋은 일이 있을 때 딱 좋은 술인 것 같아. 회사에 다니며 불쾌하고 불화한 일들은 넘쳐났지. 하루의 끝자락에서 나를 위로하는 유일한 친구! 아마 회사 생활의 삼분의 일은 소주의 힘으로 버티지 않았을까?

♣ 술은 입을 열게 하고, 마음을 무너뜨린다(세익스피어)

■ 퇴근 후는 매일 좋아

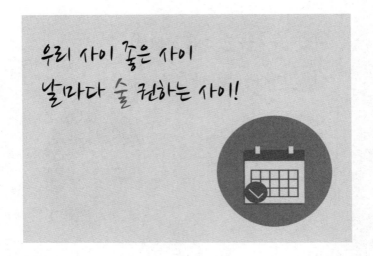

우리 사이 좋은 사이
날마다 술 권하는 사이!

하루 중 가장 즐거운 때는 퇴근 후부터 귀가할 때까지가 아닐까? 그때 할 수 있는 일들 중 하나는 누군가와 함께 술을 마시는 거야. 술은 권하든가 찾든가 두 가지. 일제시대에는 암울한 사회가 '현진건'에게 술을 권했지만, 지금은 답답한 회사가 나에게 술을 권하지. 나 스스로 술을 찾기도 하는데, 그때 술은 곧 인간관계를 의미해. 사람을 좋아하면 술자리가 잦아져. 술 한 잔 따르면 나는 네가 되고, 술 한 잔 받으면 너는 내가 되는 거야. 그래서 매일 의미를 부여하며 마시고 또 마시는 것이지. 그 사이 정(情)이 깊어지고…

♣ 인생의 즐거움은 좋은 친구와 나누는 술잔 속에 있다(마크 트웨인

■ 금요일엔 소주 한 잔

아내를 쫓아다닐 때는, 예쁜 얼굴이 소주빛처럼 맑다고 편지에 적어 보냈지. 밤에는 소주 한 병을 품고 아내 집 앞에서 2년을 기다렸어. 군대에서 소대장 시절에는 애인의 편지가 끊겨 죽고 싶다고 하는 소대원을 데리고 나와 소주를 나누며 '함께 죽자'며 위로했지. 회사를 다니며 거제에서 거진까지 수많은 장례식장을 찾아, 영정사진을 통해 처음 본 분들의 명복을 빌며 소주를 마셨지. 별로 도움은 안 되지만, 끊을 수도 없는 '담배 같은 친구'랑은 한 때 거의 매일 소주를 마셨지. 매일이 금요일이었어. 금요일엔 소주 한잔!

♣ 삶을 즐기는 것도 하나의 지혜다(오스카 와일드)

▪ 인생 뭐 있어?

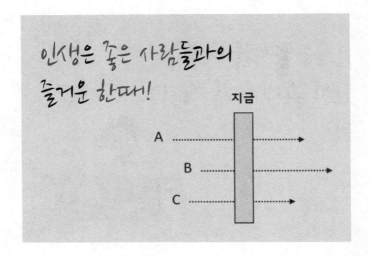

인생은 좋은 사람들과의
즐거운 한때!

삶은 유한하고 덧없는 것. 인생, 뭐 있어? 마음에 맞는 사람들과 즐겁게 지내다가 때가 되어 가면 되는 것이지. 어떤 사람은 일찍 태어났으니 일찍 죽고, 어떤 사람은 늦게 태어났으니 늦게 죽는 게 당연하지만, 선입선출법에도 예외가 있어, 늦게 태어났지만 일찍 죽는 경우도 있지. 그렇게 태어나고 죽는 시점은 달라도, 지금 우리는 각자 소중한 인생의 일정 부분을 공유하는 사람들이니까 서로 잘 지내야 해. 일 때문에 맺어진 관계지만, 평생 가는 인연이 될 수도 있는 거잖아? 함께 사랑하자! 오복이 모두 여기 있나니…

♣ 인생은 우리가 그것을 만드는 만큼 단순하다(공자)

186

■ 세 부류의 사람

술을 먹다 보면
세상에는 세 부류의 사람이 있다는
것을 알게 돼

· 제가 술을 사드리고 싶은 분
· 내가 술을 사주고 싶지 않은 사람
· 지가 사준다 해도 같이 먹기 싫은 사람

소주는 누구나 가볍게 한 잔 나눌 수 있고, 값도 저렴해서 서민들의 술이라고 해. 소시민들의 상징 같은 술이라고 할까? 소주를 마시다가 알았어. 소주 한 잔도 '사드리고 싶은 사람'이 있는가 하면, '사주고 싶지 않은 사람'이 있고, '자기가 사준다 해도 같이 먹고 싶지 않은 사람'도 있다는 것을 말이야. 임원이나 상사라 하더라도 싫은 사람과는 술은 물론이고 밥도 먹기 싫지. 나도 월급 받거든. 그러나 좋은 사람들만 만날 수는 없지. 싫은 내색하지 말고 두루두루 친하게 지내려고 노력해 봐. 미운 놈도 노력하면 예뻐 보여.

♣ 좋은 사람은 다른 사람의 행복을 위해 노력하며, 그 과정에서 자신도 행복을 찾는다(마하트마 간디)

■ 즐거운 시간

부어라, 김과장
마셔라, 이대리!
널라와 시름한 나도
마시고 나서 우니노니…

불가에서는 '일체개고(一切皆苦)'라고 해. 세상은 괴로움으로 가득 차 있다는 거야. 맞는 말이지. 세상에 괴로움 없는 사람이 어디 있겠어? 그건 옛날에도 마찬가지였을 거야. 고려 시대 사람들이 "우러라 새여 널라와 시름 한 나도 자고 니러 우니로라" 어쩌고 했던 것 알잖아? 끝에 가서는 "누룩 향기가 붙잡으니 어찌할 도리가 없다"고 했지. 괴로움을 잊으려고 하니 술이 땡긴다는 것야. 천 년이 지나고 시대가 바뀌어도 괴로움은 여전하고, 그러니까 술도 여전하고… 자! 마시자! 마시고 같이 죽자! 진짜로 죽지는 말고…

♣ 좋은 시간은 오래 기억된다(마크 트웨인)

■ 과음은 No!

지나간 과거가 내일을
잡아먹는 수가 많다
과음하지 말자!

술 먹고 실수하는 사람들이 많아. 처음에는 사람이 술을 먹지만, 술이 술을 먹고, 나중에는 술이 사람을 먹는다고 할까? 인사불성이 된 후배를 둘러매고 언덕길을 올라 갈 때 낙오할 뻔했어. 그 험난한 최전방 철책 길도 잘만 다녔는데 말이야. 지방에 갔다가 술 먹고 떡이 된 거구의 선배를 타이탄 트럭 짐칸에 누인 채 역으로 가는데, 기사님이 그러더라고. 저런 사람을 뭐 하러 데려 가냐고… 술도 먹을수록 주량이 늘지만, 뭐든지 지나침은 좋지 않은 법. 술을 먹더라도 내일 업무에 지장이 없도록 과유불급을 잊지 말 것!

♣ 절제 없는 즐거움은 결국 후회를 남긴다(에픽테토스)

■ 술은 1차만

2차 좋아하지 마라!
가정경제가 펑크나기 쉽다

"마시고 취하는 게 제일이다. 마취제!"를 외치며 2차 가자고 바람잡는 친구들이 있지. 회사 입사 전 아르바이트로 '삐끼' 생활을 했는지 "좋은 데 있다", "1/N 하면 얼마 안 된다"고 매일 같이 유혹하는 친구. 그런 친구를 멀리해야 가정 경제가 쪼들리지 않아. 1/N도 자주 하다 보면 금방 N/N이 되고, 2N, 3N이 되기 쉬워. 술집 경제를 살리느라 가정 경제를 소홀히 하는 것은 늙어서 황혼 이혼으로 가는 지름길이야. 음주는 무조건 1차에서 끝내는 습관을 들여야 해. 2차 좋아하다가 귀가하면 바로 3차 대전이 시작되기 쉽거든.

♣ 한 잔은 건강을 위해, 두 잔은 즐거움을 위해, 세 잔은 후회를 위해
　(벤자민 프랭클린)

■ 귀갓길

삶은 배를 타고
한강을 거슬러 올라가는 것과
같은 것이구나!

버스를 타고 집에 가는 길. 한강 유람선을 보면 떠오르는
생각이 있어. 거울 나라의 앨리스에 나오는 붉은 여왕이 한
말 말이야. "여기서는 같은 곳에 있으려면 쉬지 않고 힘껏
달려야 한다"고 했는데 그와 비슷한 생각이 떠올라. "삶은
배를 타고 노를 저어 한강을 거슬러 올라가는 것과 같구나.
가만히 있으면 물살에 떠내려가니까 그 자리를 유지하려
면 물이 내려오는 속도만큼 노를 저어야 해. 앞으로 나아가
려면 물살의 속도보다 더 빠른 속도로 노를 저어야" 하고…
인간의 삶도 그런 것이구나. 노를 젓자, 노를 저어!

♣ 다른 곳으로 가고 싶다면 지금 달리는 것 보다 최소한 두 배는 더 빨리
  달려야 한다(루이스캐롤)

■ 한강

새끼를 다 씻겨서
집으로 데려가는
엄마 같은 한강

어둠 속을 흐르는 한강! 강고한 분단의 사슬도 한강의 물줄기까지 끊어 놓지는 못했지. 서울에 이르러 중랑천, 양재천, 안양천, 불광천, 또는 그 보다 작은 지천에서 흘러든 온갖 새끼 물들까지 다 보듬고, 보무도 당당하게 귀가 중인 엄마 같은 한강! 집 떠난 새끼들이 세상 여기저기 쏘다니며 묻혀 온 오물들 다 씻어내고, 다 함께 바다로, 바다로…. 한강의 집은 서해 바다. 물들의 고향! 물들의 천국! 다음 하늘 여행을 기다리는 승천장! 즐거운 당신의 집(Home Sweet Home) 서해 바다에서 새끼들과 더불어 평안하시라!

♣ 강물은 우리에게 자연의 지속적인 흐름과 생명을 가르쳐준다
  (헨리 데이비드 소로)

■ 성급한 마음

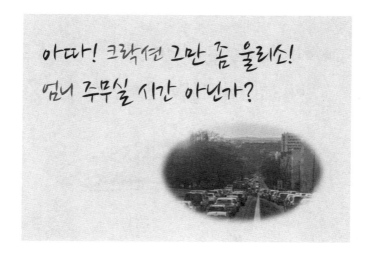

아따! 크락션 그만 좀 울리소!
엄니 주무실 시간 아닌가?

차 몰고 귀가하는 날! 온 도로가 뻘겋다. 차마다 울화병 깊은 심장을 꺼내 똥구녁에 달았다. 잠깐 길이 뚫리면 꼬리에 불 붙은 여우처럼 냅다 달린다. 웬수 같은 회사, 다시는 안 볼 것처럼 멀리 멀리 달아난다. 그러다 곧 '결차보은(結車報恩)'을 하는지 서로가 서로에게 짐이 되는 귀갓길! 요란한 크락션 소리! "아따! 그놈의 크락션 그만 좀 누르소! 여그가 인도여, 파키스탄이여! 앰뷸런스도 아니고 혼차만 빨리 갈 수 있어? 한강 엄니 주무시게 조용히 좀 허소! 그래봤자 내일이면 회사 입구에서 다시 볼 사람들 아니여?"

♣ 울분을 품는 것은 마음의 고통을 자처하는 것이다(윌리엄 제임스)

■ 과속이 더 안전

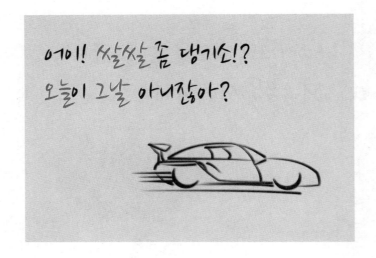

어이! 쌀쌀 좀 댕기소!?
오늘이 그날 아니잖아?

길이 뚫리자마자 쏜살같이 내빼는 차들. "어이! 또 일 시킬 까 봐 그렇게 빨리 도망가는 것이여? 퇴근했잖아?" 군대 시 절에 춘천에서 서울로 나오는 나라시 택시 기사님께 배운 게 하나 있어. 그 택시는 손님이 다 차면 달리는데, 춘천에 서 상봉동까지 40분밖에 안 걸려. 그래서 물어봤지. 왜 그 렇게 빨리 달리느냐고…. 그때 기사님 말씀. "100km로 2시 간 운전하는 것보다 200km로 1시간 운전하는 것이 더 안전 하지. 1시간은 운전을 안 해도 되니까." 그러고 보니, 저 사 람들 혹시 그때 나랑 같이 택시에 합승했던 사람들 아니여?

♣ 빠른 길이 항상 좋은 길은 아니다(공자)

■ 수원행 버스

잠이 오네··· 정신차려야지···
이러다 또 종점까지
가는 것 아냐?

집이 멀면 술 먹는 날을 조심해야 해. 술 먹고 시외버스 타
고 서서 가다가, 집 가까운 곳에 이르러 자리가 나는 경우
가 있어. 그때를 조심해야 해. 한 정거장 뒤에 내려 버스를
갈아타야 하는데, 잠깐 앉았다가 잠들면 종점이야. 종점에
도착한 지도 모르고 자고 있다가 문뜩 눈이 떠져 일어서는
순간, 승객들 다 내린 줄 알고 청소하려고 빗자루와 물통을
들고 들어오시던 기사님이 깜짝 놀라는 거야. 나도 많이 놀
랐지. 그것보다, 거기서 다시 집에 가려면 어떻게 해야 하
니? 버스는 끊기고, 택시는 안 잡히고, 비까지 내리고···

♣ 황당한 순간은 삶의 코미디이다(윌리엄 셰익스피어)

■ 기차

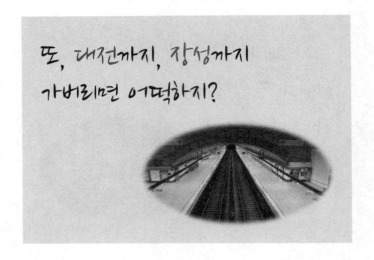

또, 대전까지, 장성까지
가버리면 어떡하지?

술 먹은 날 기차를 타면 쥐약이야! 집이 멀어 택시는 비싸고, 버스는 종점까지 가는 수가 있어 무섭고, 기차를 타고 수원역에 내려 택시를 타면 빠르겠다 싶어 기차를 타는 수가 있지. 그게 잘못하면 가장 늦은 귀갓길이 될 수 있어. 깜박 잠들었다 눈을 뜨면 대전일 수도 있고, 장성일 수도 있어. 그날 먹은 술의 양에 따라 부산이나 목포가 될 수도 있지. 버스 종점도 아니고, 기차 종점? 곧 내려야지 하다가 깜박 잠이 들었다 깨보니 들리는 안내방송 소리. "곧이어 이 기차 정읍역에 도착하겠습니다." 금요일이어서 천만다행!

♣ 실수는 인간에게 허락된 가장 좋은 선생님이다(빌 게이츠)

■ 가로등

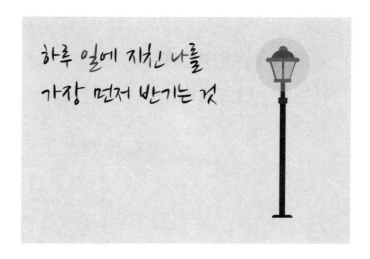

하루 일에 지친 나를
가장 먼저 반기는 것

늦은 밤, 퇴근하여 아파트 앞에 서면 가장 먼저 나를 반기는 반가운 불빛이 있어. 천리 행군을 마치고 부대를 들어설 때 울리던 군악대 연주와 같다고 할까? 밤새 DMZ 매복을 마치고 나올 때, 통문을 열어주던 철책대대 병사들 같다고 할까? 그 불빛은 때로는 새색시처럼 버선발로 달려 나오기도 하고, 어떤 때는 나를 모르는 척 외면할 때도 있고, 눈을 흘기거나 저 혼자 흐느끼고 있을 때도 있어. 집에 들어가기 전, 그 불빛 아래 조심스레 앉아봐. 그리고 내 안에 살고 있는 또 다른 내가 들려주는 이야기에 귀를 기울여 봐.

♣ 작은 포옹이 큰 위로가 된다(오드리 헵번)

■ 팔베개

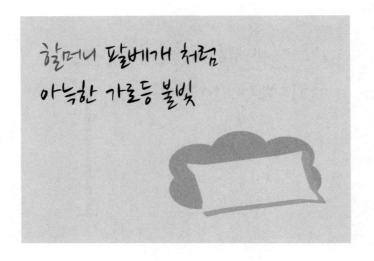

할머니 팔베개 처럼
아늑한 가로등 불빛

가로등은 '할머니의 팔베개' 같아. 가로등 불빛을 보면, 할머니 팔베개를 베고 누워, 그날 억울했던 일 한 가지 일러바치던 생각이 나. 어린 놈이 뭐 그렇게 억울할 일도 없었겠지만, 뭔가 심사가 뒤틀린 날 밤이면 할머니 품을 파고들었지. 그때마다 가냘픈 팔을 기꺼이 내밀며, 등을 토닥여주시던 할머니 생각이 나. 어쩌다 귀갓길에 가로등을 붙들고 꺼억꺼억 울고 있는 사람을 보면, 그 사람도 나같이 할머니에게 위로받는 중이라는 생각에, 고개 숙인 그 사람 어깨 위에 할머니 손길 같은 불빛이 더 많이 쏟아지길 기원해.

♣ 할머니의 사랑은 시간과 거리를 초월하여 늘 우리 곁에 있다(사라 윙클러)

■ 그리움

보고 싶은 사람들 눈망울로
쏟아지는 그 불빛

가로등은 그리움이야. 지금은 돌아가시고 없거나, 멀리 있어 자주 볼 수 없지만, 그분들 눈망울이 가로등 불빛이 되어 나를 기다려. 고마운 선생님들, 어릴 적 친구들, 동네 어르신들. 그저 떠올리기만 해도, 금방이라도 달려올 것만 같은 보고 싶은 사람들. 고향 떠난 사람들이 잘되기를 빌어주고, 혹시 잘못되더라도 다시 찾아가면 언제든 반가움으로 맞아줄 것 같은 당산나무 같은 사람들. 그들의 위로가 가로등 불빛으로 쏟아져. "너 오늘 힘들었지? 그래도 너는 잘 할 거야!" 같은 말들이 무언의 속삭임으로 들려오는 거야.

♣ 그리움은 마음이 남겨둔 발자국이다(가브리엘 가르시아 마르케스)

■ 초라함

가로등은 '초라함'이야. 제대로 안 되는 직장 일에, 자신이 주체가 되지 못하는 인생이 서글퍼질 때, 아파트 앞 가로등 불빛은 안톤 쉬나크의 '우리를 슬프게 하는 것들'에 나오는 참새의 시체처럼 초라해 보여. 가을도 져버린 초겨울 저녁, 바람결에 이리저리 나뒹구는 나뭇잎과 함께 가로등 불빛이 뒹굴고 있어. 언젠가 직장 밖으로 팽개쳐져 존재했던 기억마저 혼미해져갈 사람들의 슬픈 눈동자처럼 흐릿한 불빛이 아파트 뒷켠에 비틀거리지. 그때마다 발길을 돌려, 술이 취해야 가로등 불빛을 외면할 수 있었던 날도 참 많았지.

♣ 초라함 속에서도 존엄을 잃지 마라(헬렌 켈러)

■ 기쁨

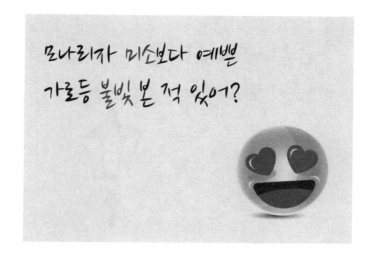

모나리자 미소보다 예쁜
가로등 불빛 본 적 있어?

가로등은 '기쁨'이야. 일 잘했다고 칭찬받고 기쁜 날 가로등 불빛은 모나리자의 미소보다 더 예뻐. 누군가의 칭찬을 받는 것이 의타심을 키우는 일인지 잘 알지만, 직장에서 내가 존재하는 이유를 발견하는 것은 즐거운 일이지. 그런 날, 발걸음도 가볍게 아파트를 들어서면 가로등 불빛이 먼저 부서져. 아양을 떨며 교태를 부리며 달려오는 거야. 그리고 현관문을 열면 신경이 예민한 아내도 모르는 게 있어. 내가 와이셔츠 깃에 묻혀 온 것은, 방금 아파트 앞에서 내 품에 안긴 가로등 불빛이라는 것을 아내는 절대로 몰라.

♣ 기쁨은 마음의 노래이다(월트 휘트먼)

■ 나의 소망

나는 죽으면 아파트 앞
가로등이 되고 싶어

가로등은 '내 안에서 열리는 또 다른 작은 세상'이야. 그 세상을 여는 것은 '나 자신'이며, '내가 오늘 하는 일'이지. 가로등 불빛이야 한결같지만, 바라보는 나는 그 불빛에 할머니의 포근함과 동네 분들 같은 그리움과 쇠락한 뜨락의 초라함, 그리고 나 혼자만 알고 싶은 즐거움을 묻어두었어. "일이 즐겁다면 인생은 극락, 괴로우면 지옥"이라고 했어. 그래서 나는 죽으면 가로등이 되고 싶어. 내 딸들이 하루에 지친 몸으로 아파트 입구를 들어설 때, 가장 먼저 어깨를 포근하게 감싸주는 가로등 따사한 불빛이 되고 싶어.

♣ 소망을 품는 순간, 인생은 방향을 찾는다(칼릴 지브란)

4 꿈꾸는 가정

■ 어둠이 사랑스러울 때

어둠이 새로운 밝음에
눈뜨게 만드는 날도 있지

어둠이 내리고 분주했던 하루가 작별을 물어오는 시간. 오늘의 햇살이 강렬했을수록 어둠은 더 짙게 깔리는 법. 석양의 뒷꿈치로부터 어둠이 스며드는데, 그 어둠은 새로운 밝음에 눈을 뜨게 해. 그래서 집으로 돌아갈 때면 누구든 생각나는 사람에게 전화를 해. 잊고 지내 온 친구와 멀리 있는 부모님과 심지어 먼저 퇴근한 동료에게 보고픔을 전해. 그런 날은 옆길을 달리는 다른 운전자까지 사랑할 수 있어. 어둠이 하루의 스트레스를 거둬 가는 날! 아무리 늦어도 가족과 함께 식사하고 싶은 날! 바로 오늘이 그날이고 싶어.

♣ 어둠은 마음의 평화를 가져다준다(랄프 왈도 에머슨)

■ 수원

인생은 아버지의 흔적을 좇아
아들이 살아가는 것?

피곤한 하루를 뒤로 하고 수원 인터체인지로 들어설 때면, 이 나이가 되도록 걱정이 많은 아버지 생각이 나. 멀리 계시지만, 보이지 않는 끈을 통해 24시간 내내 아들 곁에 존재하는 아버지가 금방이라도 소금을 뿌려줄 것만 같아. 병든 땅 서울에서 하루를 보내고 온 아들이 잡기와 같은 못된 기운을 묻혀 오지는 않았을까 염려가 깊어서 말이야. 대학시절 아버지는 신갈 일대의 경지정리를 하고 계셨지. 그 인연으로 내가 수원에 살고 있는지, 아버지의 흔적을 따라 살아가고 있는 것은 아닌지 몰라. 삶도 유전이 되는 것일까?

♣ 아버지의 가르침은 자녀의 인생을 밝히는 등불이다(미상)

■ 탄생

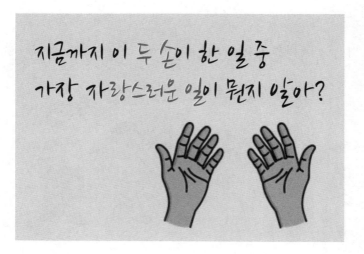

지금까지 이 두 손이 한 일 중
가장 자랑스러운 일이 뭔지 알아?

가끔, 이 손이 한 일 중 가장 자랑스러운 일이 무엇일까 생각해. 아마 갓 태어난 큰애를 받아들었던 때인 것 같아. 그 순간을 생각하면 지금도 가슴이 벅차. 밖에서 가슴 졸이며 있었는데 아기 울음소리가 났고, 좀 이따 간호사가 아기를 안고 나왔어. 그때까지 아기는 눈을 뜨지 않고 있었지. 간호사가 "아빠야!"하면서 아기를 나에게 건네는 순간 눈을 떴어. 간호사가 놀라워하면서 "어머! 애 좀 봐! 너무 신기하다"그랬지. 큰애는 세상에서 처음 본 사람이 나야. 웬 시커먼 사람을 보고 많이 놀랐겠지? 잘못 나왔다 싶었을까?

♣ 한 아이의 탄생은 신이 아직 인간을 포기하지 않았다는 증거다
　(라빈드라나드 타고르)

■ 이름

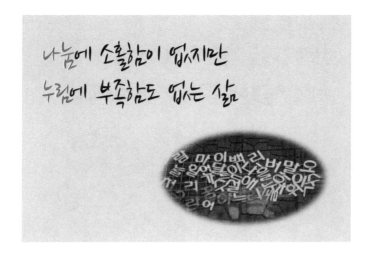

나눔에 소홀함이 없지만
누림에 부족함도 없는 삶

큰애는 이름도 내가 지었어. 국제화 시대에 대비해 외국인
도 쉽게 부를 수 있도록 받침 없는 예쁜 단어들을 찾은 다
음, 가장 마음에 드는 것으로 골랐어. 세상의 온갖 아름다
움을 다 누리고 살라는 뜻과 함께 넓은 세상을 품고 살아가
길 바라는 마음을 담았지. 그리고 우리 애가 꼭 공부를 잘
하지는 않더라도 재주가 많아서 어디에서든 사람들에게 즐
거움을 줄 수 있는 사람으로 키우고 싶었어. 또, 우리 애가
부모의 신체만 닮은 게 아니라 마음까지 닮는다고 생각했
어. 그래서 아내와 함께 더 좋은 사람이 되고자 노력했어.

♣ 당신의 이름은 곧 당신의 역사다(랄프 왈도 에머슨)

■ 아빠 왔다

한껏 팔을 벌리고 달려오는
어린 딸보다 고귀한 천사는 없다

희망을 안고 출근했던 회사에서 낙담과 분노만 일구다 퇴근
하는 경우도 많아. 귀갓길에 버스나 기차 안에서, 고속도로
에서 아무런 연고도 없이 끼어든 인간들이 태클을 거는 경
우도 있어. 자기만 알고, 예의 없는 사람들 때문에 더 열을
받아 집으로 돌아오는 거지. 그럴 때면, 해가 서산에 걸려
자빠져버린 것 같아. 어이없이 하루가 가버린 것 같아 마음
아프지. 하지만, 현관문을 열면 하루의 슬픔이 바로 사라
져. 애가 '아빠'를 외치며 달려오거든. 세상의 어떤 장면도
그보다 감격적일 수가 없어. 만복(萬福)이 다 거기에 있어.

♣ 아기의 미소는 세상을 밝히는 빛이다(디킨슨)

■ 머리 말려주기

아이들 머리를 말려주면서
오래된 사랑을 생각해

애들이 목욕하고 나오면 거실에 앉혀 놓고 드라이로 머리를 말려줘. 큰애는 머리칼이 빳빳하지만, 작은애는 가늘고 섬세해. 그것도 자주 하다 보니, 머리가 길고 머리숱이 많아 잘 꼬이는 애들 머리카락은 틈새가 넓은 빗으로 들춰가며 말려주면 빨리 마른다는 것을 알았어. 애들 머리를 말려줄 때면, 옛날에 동백기름을 발라, 참빗으로 곱게 머리 빗던 할머니 생각이 나. 그 할머니의 정성으로, 애들 머리를 말려주면서 세대를 계승하며 이어지는 큰 사랑을 알게 돼. 애들도 나중에 제 딸들 머리를 어루만지며 그런 생각할까?

♣ 사랑은 사소한 배려 속에서 깊어진다(헨리 나우웬)

■ 정신없는 색

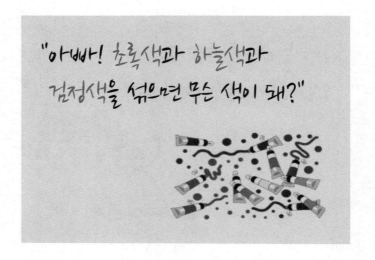

"아빠! 초록색과 하늘색과
검정색을 섞으면 무슨 색이 돼?"

민사고에 다녀오던 길에 자고 있던 작은 애가 갑자기 일어나 "아빠, 초록색과 하늘색과 검정색을 섞으면 무슨 색이 돼?"하고 물었어. 내가 "검정색 아냐?"고 하자 "아니야! 초록색과 하늘색과 검정색을 섞으면 '정신없는 색'이 되는 거야!"라고 말해서 가족들 모두가 웃었지. 최근에 유튜브에서 어느 아빠가 '오늘 재밌었어요?'라고 물으니까 아이가 '응 재밌었어. 100개나 재밌었어.'라고 답하는 것을 봤어. 그맘때의 아이들은 누구나 부모를 놀라게 하는 말들을 자주 하는 것 같아. 너무 우리 아이만 천재라고 생각하지는 마!

♣ 웃음은 영혼의 진정한 해독제이다(헨리 워드 비처)

210

■ 우유의 진화

아이가 어릴 때
대부분의 부모는 자기 아이가
천재라는 착각에 빠지곤 하지

어린 아이가 놀라운 말을 하면 부모는 '우리 애가 천재가 아닌가?'하는 착각에 빠져. 그런데 꼭 그렇지만은 않다는 것을 '우유의 진화'가 말해줘. 아이를 낳으면 천재가 아닐까 싶어 '파스퇴르'나 '아인슈타인' 우유를 먹이지만, 초등학교 때는 '서울우유'로, 중학교 때는 '연세우유'로 바꾸고, 고등학교 때는 '인(IN) 서울'만 해도 좋다고 지하철 2호선이 돌아다니는 '건국우유'로 바꾸고, 대학 진학에 실패하고 나면, 몸이라도 건강하라고 '매일우유'로 바꾼다는 '웃픈' 이야기 말이야. 아이들에게 너무 기대를 해서는 안 된다는 것이지.

♣ 기대는 실망의 씨앗이다(윌리엄 셰익스피어)

■ 가족

'엄마, 아빠, 그리고 나
서로 사랑해요'
Father Mother And I
Love You

가족은 '세계 속에 존재하는 유일한 안식처'라고 해. 설날에
큰애가 '누가 제일 좋아?'라고 묻자, 작은애는 '가족이니까
다 좋아'하며 '우리는 모두 패밀리야!'라고 말했어. 아버지는
어린 손녀의 말에 놀라시고, 기분이 좋으셨는지 전화하실
때마다 작은애에게 물어보시지. 작은애는 두 살 때 '주니어
네이버'를 보다가 혼자서 한글을 깨우친 후 도서관에서 많
은 책을 빌려 읽다가 가족이 영어로 패밀리라는 것도 알게
된것. 우리가 사는 이 세상 사람들을 '지구촌 패밀리'라고
하지. 그리고 보면 세상에서 가장 좋은 말은 '가족'인가 봐.

♣ 가족은 우리가 돌아갈 수 있는 유일한 곳이다(마르셀 프루스트)

■ 가정

암 치료를 위해 입원한 큰동서의 병문안을 다녀오는 길. 작은 딸에게 "아빠는 네가 제일 좋아"라고 말한 후, "너는 누가 좋아?"하고 물었어. 작은 딸은 "아빠도 싫고, 엄마도 싫고, 언니도 싫다"고 하더니 "가족이니까 다 좋아"라고 했어. 3살 먹은 애의 말에 놀라서 웃다가 "그래! 가족이면 다 좋은 거야"라고 말하며 가슴속에 뭔가 뜨거운 것을 느꼈어. 아무런 이해타산 없이, 아무런 조건 없이, 아무런 대가 없이 사랑할 수 있는 사람들. 가족은 행복의 근원, '행복한 가정은 미리 누리는 천국'이라는 말을 다시 생각해 보았어.

♣ 행복한 가정이 행복한 삶을 만든다(톨스토이)

■ 내 마음의 모양

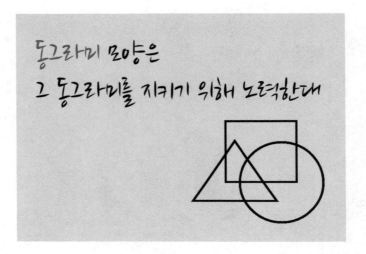

동그라미 모양은
그 동그라미를 지키기 위해 노력한대

작은 애가 유치원 때 쓴 글. "내 마음의 모양. 내 마음에는
세 가지 모양이 있네. 친구랑 싸워 삐죽삐죽 화가 난 세모
마음, 친구가 안놀아줘 삐친 울퉁불퉁 네모 마음, 선생님께
칭찬받아 싱글벙글 동글동글 동그라미 마음, 내 마음에는
세 가지 모양이 있네. 삐죽삐죽 세모 모양은 싱글벙글 동그
라미 모양이 되기 위해 노력하고, 울퉁불퉁 네모 모양은 꽉
찬 동그라미 닮고 싶어 노력하고, 동글동글 동그라미 모양
은 그 동그라미 지키기 위해 노력하지!" 깜짝 놀랐어. 나중
에 도예 수업 때 컵을 하나 만들고 이 글을 새겨 구웠지.

♣ 당신의 마음이 곧 당신의 세계다(마르쿠스 아우렐리우스)

■ 결혼식 가는 길

작은 애와 함께 친한 분 결혼식장에 가는 길. 처음에는 뒷
좌석에 앉아 있던 애가 앞으로 와서 안전띠를 매주었더니
가만히 있었어. 잠시 후 애는 잠이 들었고, 나는 우리 애가
편히 잘 수 있도록 의자를 눕혀주었지. 아이가 자는 모습을
지켜보는 것은 세상에서 가장 큰 행복이라는 생각이 들었
어. 무슨 꿈을 꾸는지 모르겠지만, 세상에 나와 부족한 아
빠를 만나 고생이 많을지 모를 우리 아이가, 꿈속에선 누군
가 멋진 사람들 그리고 신기하고 재미있는 일들을 많이 만
나기를 기도하며 조심조심 운전을 했지. 잘자라 우리 아가!

♣ 아이와 함께하는 행복은 시간이 흘러도 변하지 않는다(미상)

215

■ 축사

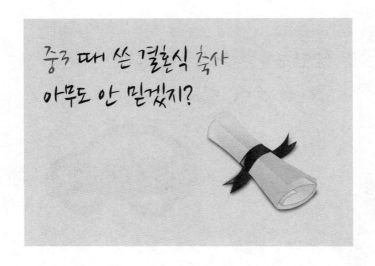

중3 때 쓴 결혼식 축사
아무도 안 믿겠지?

주례사를 들으며, 중학교 3학년 때 결혼식 축사를 썼던 기억이 떠올랐지. 옆집 누나가 시집을 갔어. 옛날 시골에서는 결혼식을 집 앞마당에서 했지. 축사를 대학 다니는 형이 쓰기로 했는데, 그 형이 전날 술을 많이 먹고 집에 들어오지 않았다고, 나더러 써 달라는 거야. 일단 정성껏 써드렸더니 동네 분들이 아주 잘 썼다고 그랬지. 오래전 일이라 뭐라고 썼는지 잘 기억이 나지는 않지만, 부모님 사는 모습을 보며 바라는 점을 썼던 것 같아. 그 축사를 동네 어른께서 읽었지만, 쓴 사람은 나니까 중3 학생이 주례를 본 셈인가?

♣ 결혼은 두 사람이 하나로 어우러져 함께 걸어가는 여정이다(칼릴 지브란)

이게 내리사랑만 있고
치사랑은 사라진 것일까?

결혼식 끝나고 아이를 안고 밥을 먹다 보니 여간 불편한 게 아니었어. 한 손으로 아이에게 수박을 먹이면서, 한 손으로 밥을 먹자니 덥고 땀도 나고 곤혹스러웠지. 어렸을 때 아버지가 나를 안고 TV가 있는 다방에 가서, 김일 선수의 레슬링 경기를 보여주던 생각이 났어. 밤늦은 시간, 내가 자꾸 집에 가자고 보채는 통에 아버지도 상당히 힘들었을 거라는 생각이 들었지. 그렇게 키운 아들이 이제는 전화도 자주 안 하면서, 제 자식만 예쁘다 하니 얼마나 웃기는 일인지…. 사랑은 아래로만 흐르는 것일까? 아버지 죄송합니다.

♣ 아이와 함께 시간을 보내는 것은 사랑을 전하는 가장 좋은 방법이다
　(알버트 아인슈타인)

■ 걱정도 유전

자식을 걱정하는 마음도
계속 유전되는 것일까?

아내가 꿈자리가 사납다며 아이를 학원에 태워다 주고, 저
녁때는 나더러 데려오라고 해. '큰 애는 다 큰 것 같은데 무
슨 걱정인지' 싶은 생각이 들지. 하지만 지금도 가끔 꿈자리
가 사납다며 '술 적게 먹어라', '운전 조심해라'고 전화하는
어머니, 아버지 생각이 나. 그리고 아내의 걱정하는 모습에
서 유전처럼 전해지는 부모의 사랑을 확인할 수 있어. 엄마
의 걱정을 받고 자라난 딸들도 나중에 제 자식들에게 똑같
은 걱정을 늘어놓으며 살아가겠지? 걱정 아닌 걱정으로 살
아가는 모습들이 어쩐지 우습고, 감사하다는 생각이 들어.

♣ 걱정은 대물림되지만, 희망도 마찬가지다(빅터 프랭클)

■ 가을

햇살에 물든 구름이 눈물을 떨구면
단풍이 들고 수줍음이 가득 차

초등학생 큰애가 쓴 글. "구름은 크레파스가 되고 붓이 되어, 그림을 그리네. 열심히 용을 그리던 구름이 내 모습이 예뻐 마음이 변했나? 용은 사라지고 가을 하늘엔, 내 얼굴이 한가득 담기네. 햇살이 빨갛게 구름을 물들이면, 부끄럼 많은 내 볼과 꼭 같아지네. 바람이 불고 흩어지는 구름이 눈물을 뚝 떨구면, 나뭇잎마다 단풍이 들고, 온 세상엔 수줍음이 가득 차네" 가을은 부끄러움이구나! 해야 할 일을 제대로 못한 부끄러움이 아니라, 다 해놓고도 차마 내놓기를 꺼리는 겸손한 마음이구나! 눈부신 가을은 겸손의 계절?

♣ 가을은 두 번째 봄이다. 단, 모든 잎이 꽃이 되는 차이가 있을 뿐
  (알베르 카뮈)

■ 선생님께

훌륭한 선생님 만큼 멀리
인생을 밝혀주는 등불은 없다

선생님! 자주 찾아 뵙지도 못하고 이렇게 편지로 인사를 드리게 되어 죄송합니다. 무엇보다 우리 애가 공부도 잘하지만, 다른 친구들을 잘 도울 줄 알고, 밝은 성품을 가꿔나갈 수 있도록 지도해 주셔서 감사합니다. 저는 훌륭한 선생님만큼 멀리 인생을 밝혀 주는 등불은 없다고 생각합니다. 아이들 가르치며 수고가 많으신 줄 잘 알지만, 그 아이들이 우리 사회를 이끌어갈 재목들이 될 것임을 믿어 의심치 마시고, 선생님 하시는 일에 커다란 자부심을 느껴도 좋으실 것입니다. 스승의 날 오늘, 가장 좋은 하루 되십시오.

♣ 좋은 스승은 한 사람의 인생을 바꿀 수 있다(헨리 아담스)

■ 교통사고

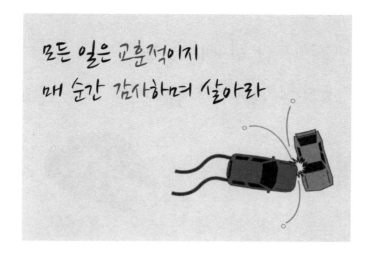

애들을 교회 앞 횡단보도에 내려주고, 조금 더 가서 유턴하는데, 봉고차가 운전석 옆구리를 들이받았어. 조상님들의 음덕으로 다친 곳은 없었는데, 보험회사에 사고 접수를 했더니, 288번째 고객이래. 오전 10시 40분인데…. 도대체 하루에 얼마나 많은 크고 작은 사고가 나는 걸까? 사고 처리를 하고 걸어서 교회를 지나치다 보니, '아이들은 아빠에게 무슨 일이 일어난지도 모르고, 열심히 찬송가를 부르고 있겠지?' 하는 생각이 들었어. 때로는 모르는 게 약이지. 매일, 덤으로 하루를 더 얻어 산다고 생각해야 되겠어.

♣ 인생은 예측할 수 없기에 더욱 소중하다(스티브 잡스)

■ 고구마

고구마 한 입 베어물면
눈에선 할머니가 흘러 내려

한 떼기 남의 땅도 좋아라, 고구마 심고 밭 매던 할머니. 중
풍으로 쓰러졌다 깨어난 뒤에도 금새 몸달아 달려가시던 고
구마 밭. 할머니 주름 같은 이랑을 따라, 새치 같은 풀 한
포기씩 뽑아 주면, 고구마 순이 자라 당신의 인생처럼 굵게
도 얽혔지. 많은 땅 내어주고 여러 세월 가슴 졸이며 살았
을 할머니. 안방 한 귀퉁이에 대발을 엮고 당신 손으로 키
운 고구마 많이도 쌓아 두셨지. 나 체할까 봐 먹여 주신 스
뎅 그릇 물 생각에 그렁그렁 눈물이 맺히는데, 우리 집 작
은 애, 고구마 날마다 먹었으면 좋겠다고 하네.

♣ 할머니는 항상 우리 곁에 있으며, 그 사랑은 영원히 남아있다(익명)

■ 할머니

나의 오늘은 할머니의
물 한 그릇과 '비나이다' 덕분

비는 왜 올까? 돌아가신 할머니가 우리를 못 잊어 아직도 눈물을 흘리고 계시는 것 아닐까? 비가 오는 날이면 할머니 손을 생각해. 검버섯이 피고, 주름지고, 가냘프고, 힘이 없었어도 그 손을 비비고 또 비벼서 부처님께, 하느님께, 신령님께 새끼들의 장래를 부탁하셨지. 오늘은 비가 내리는 날! 아주 오래전 일이었고, 비록 내가 아홉 살이었어도, 항상 내 곁에 주무시던 할머니 숨결과 시골집 흙벽의 구수한 냄새가 아주 커다란 그리움으로 저 빗소리와 함께 달려오고 있는 것 같아. 보고 싶어. 이 순간, 딱 한 번만이라도….

♣ 할머니의 품에는 세월의 지혜가 담겨 있다(마거릿 미드)

■ 촛불

다 타고 재만 남아도 좋아
당신을 위해서라면...

초가 가장 먼저 하는 일은 제 몸의 일부를 태워 몸통을 고
정시키는 일. 나무처럼 굳은 뿌리를 내려야 한 생애 흔들림
없이 살아갈 수 있지. 온전히 자신을 다 태워낼 수 있지. 오
랜 세월 뿌리내린 당산나무 그늘 아래 착한 어른들의 시간
이 익어갔듯이, 촛불 아래 운명처럼 여물어가는 사랑이 있
었어. 그때 나를 태워 할 수 있는 일은 그저 바라보는 일.
촛불 너머 사랑하는 이의 얼굴에서, 한순간 행복한 미소를
발견하는 일. 그리하여 지금 이 작은 촛불이 내가 그대에게
뻗어가는 뿌리와 같음을 고백하는 일. 오직 그것뿐이었어.

♣사랑은 말로 표현할 수 없는 감정을 고백하는 것이다(헬렌 켈러)

■ 우산

오로지 1인분의 공간에
꼭 함께 있고 싶은 사람

비가 오는 날이면 인간이 누릴 수 있는 공간의 크기를 생각
해. 인간에게 필요한 최소한의 공간은 얼마나 될까? 돌아가
시면 알 수 있지. 관 하나 들어갈 정도의 크기? 그런데 살아
있는 동안에도 알 수 있는 방법이 있어. 우산을 써 보면 알
아 우산의 기능이 발달했고, 파라솔이나 골프 우산처럼 조
금 큰 것도 있지만, 기본적인 우산의 크기는 변함이 없지.
우산의 크기는 1인분의 공간, 인간에게 필요한 최소한의 공
간을 의미한다고 할 수 있어. 오로지 그 1인분의 공간에 꼭
함께 있고 싶은 사람이 있었어. 그 사람이 바로 '아내'야.

♣ 사랑하는 사람과 함께 있는 작은 공간이 세상에서 가장 넓은 공간이다
  (미상)

▪ 보고픔

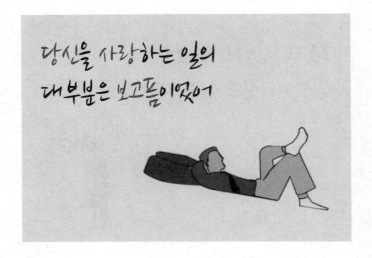

당신을 사랑하는 일의
대부분은 보고픔이었어

하루를 시작하면서 아무것도 아닌 것에서 당신을 느끼고,
아무것도 아닌 일에서 당신을 발견할 때마다, 놀랍고 행복
해. 이 행복이 금새 사라지고 말지는 않을까, 자주 오고 가
지 않으면 사라지고 마는 산길 같은 애정이 되고 말지는 않
을까 두렵기도 해. 행복할수록 가까울 수도 있는 불행을 원
치 않기 때문이지. 어느새 당신에게 익숙해진 나를 사랑해.
오늘도 하루도 당신 생각으로 미리 행복할 계획이야. 보고
또 보고 싶지만, 다시 볼 때까지, 편안했던 당신의 팔베개 ,
아늑했던 당신의 눈길 속에 이 보고픔을 가둬 둘게.

♣ 보고 싶다는 말은 사랑이 남겨둔 흔적이다(파울로 코엘료)

■ 기다림

대학 졸업 후 2년 동안 회사를 다니다 군에 입대했어. 절대로 그럴 리 없지만, 혹시나 하는 마음에 혼인 신고를 하고 갔지. 혼인 신고 하겠다고 아내에게 이야기는 했어. 결혼식은 3년 반이 지나 제대를 하고 회사에 복직한 다음 곧바로 했지. 5개월 동안 훈련을 받고 소위로 임관을 했고, 일주일 정도 휴가를 받았지. 임관식이 끝나고, 둘만 남았을 때 아내가 말했어. "어디 갔다 인제 왔어?" 그 순간 눈물이 왈칵 쏟아졌어. 짧은 한마디에 많은 의미가 담겨 있었어. 얼마나 힘들었을까? 그 시절, 사랑의 다른 이름은 고통이었어.

♣ 기다림 속에서 가장 아름다운 꽃이 핀다(칼릴 지브란)

■ 결혼

세상에서 가장 좋은
친구를 얻은 날

살면서 가장 큰 선물을 받는 날. 사회생활에 어둡고, 자신에 대한 욕구불만에 크고, 성질 급한 나를 잘 인도하라고 하느님께서 당신의 오른팔을 보낸 날. 인생이라는 거친 바다에 등대가 생기고 불이 켜진 날. 이슬만 먹고 살던 천사가 날아와 내게도 날개를 달아준 날. 어쩌면 보잘것없는 내가 인생 최대의 사치를 부린 날. 그래도 오늘의 행복이 영원으로 이어지기를 기원하고, 내일이 오늘처럼 행복할 수 있도록, 열심히 살아야겠다는 다짐을 새기는 날. 사실 그때는 잘 몰랐어. 그 소중한 시간이 얼떨결에 지나가 버렸어.

♣ 결혼은 서로를 이해하는 끝이 아니라, 시작이다(오스카 와일드)

■ 결혼생활

누군가는 '결혼 생활은 천국에서 시작하여 연옥으로 갔다가 지옥으로 끝난다'고 했고, 누군가는 "결혼은 단테의 신곡과 반대로 '신열'로 시작하여, '오한'으로 끝난다"고 했어. 또, 누군가는 '결혼 생활은 3주 서로 연구하고, 3개월 사랑하고, 3년 싸움하고, 30년을 참고 견디는 것'이라고 했는데, 그 말이 그나마 희망을 주는 말 같아. 정호승 시인이 '견딤이 쓰임을 결정한다'고 했는데, 결혼 생활에도 맞는 말 같아. 견딤은 서로가 다른 점을 이해한다는 것이고, 쓰임은 이해의 폭이 클수록 더 좋은 부부가 된다는 말 같은데 잘 안돼.

♣ 결혼은 때로는 무료하지만, 그 속에서 사랑과 배려를 키워나가는 것이 중요하다(엘리자베스 길버트)

▪ 눈 내린 날

사랑은 나이를 먹을수록
그림자만큼 외로운 것이
되는 걸까?

아침에 차 키를 못 찾으면 짜증섞인 목소리로 아내를 찾아.
어이없어하는 아내의 모습은 내가 가꾸는 또 하나의 보람?
대꾸를 안 하는 것으로 자신을 지키는 아내의 모습은 눈과
같아. 겨울이면 당연히 내리고 치워야 하는 눈처럼 호기심
이나 경이로움은 지나온 세월만큼 물러나 있지. 사랑은 나
이를 먹을수록 당연한 것, 그림자만큼 외로운 것이 될까?
그러나 사실은 나이보다 먼저 노화된 내 생각과 태도 속에
서 내 소중한 사람이 저 홀로 늙어가는 것 같아. 오늘은 등
잔 밑이 어두워 잃어버린 아내의 대꾸를 찾아줘야 할 때.

♣ 결혼 생활은 일상 속에서 작은 기쁨을 찾는 법을 배우는 여정이다
(앤드류 솔로몬)

230

■ 부부

좋은 부부는 서로를
이해하고 배려하는 사이

부부는 반려자라고 해. 짝이 되는 사람이라는 뜻이지. 또, 부부는 인생의 길동무 또는 공동운명체라고 해. 모든 것을 함께 한다는 의미지. 누군가의 의견에 따르면 결혼 생활은 "화성에서 온 남자와 금성에서 온 여자가 지구인으로 살아가는 과정"이야. 부부가 서로 이해하고, 배려하면서 살아야 한다는 것. 회사 일 때문에 지방이나 해외에서 혼자 살아 보면 '누가 밥만 해줘도 얼마나 행복한지' 알 수 있지. 나이가 들면서 집안 일도 조금씩 하다 보니 아내의 잔소리가 줄었어. 오늘도 집에 가서 내 몫의 일을 마땅히 해야겠지?

♣ 좋은 부부란 서로의 결점을 포용하는 사람들이다(괴테)

■ 늦깎이

이번 생에는 결국
철이 못들고 죽을 줄 알았어

나중에 애들이 독립하면, 둘이 살아야 할 텐데 걱정이야. 팔만대장경에 '아내는 남편의 누님'이라고 적혀 있고, 박종화 선생은 '아내는 된장찌개를 끓여 내 밥상 위에 놓아주는, 하나 남은 옛 친구'라고 했어. 그런데 누님 같은, 친구 같은 아내가 점점 더 나이들어 가는 것 같아. '빗소리 들리면 떠오르는 긴 머리 소녀'가 이제 아니야. 비가 내리면, '빗방울 개수 보다 더 많이 어떻게 해 주겠다'고 했던, 젊은 날의 헛된 약속들이 떠올라서 마음 아프지. 하지만 이제 아내와 함께 잘 늙어가겠다는 생각을 해. 뒤늦게 철이 드는 걸까?

♣ 늦었다고 생각할 때가 가장 빠르다(공자)

■ 두가지 빚

나를 낳아준 엄마,
내 자식의 엄마가 된 아내

KTX 달린다. 가까워지는 아내, 멀어지는 엄마. 언제 오는
지 묻지 않는 아내, 어디쯤 가는지 자주 묻는 엄마. 시집은
오지 않아도, 여전히 장가는 가는 것. 갈수록 오는 길은 어
렵고, 가는 길이 쉽구나. 아내의 사랑은 무관심, 제 자식 낳
고부터 무관심. 엄마의 죄는 걱정. 나이 든 아들 지금도 걱
정. 내 유일한 빚은 두 가지. 나를 낳아준 엄마, 내 자식의
엄마가 된 아내. 아내에 대한 빚은 '나 같은 놈 만나', 엄마
에 대한 빚은 '이것밖에 못돼'. 엄마는 이미 늙고, 아내까지
늙어가는데 KTX는 서울역에 다 왔고, 더 깊어지는 가을.

♣ 엄마와 아내는 서로 다른 방식으로 사랑을 표현하지만 그 사랑은 하나로
  연결된다(미상)

■ 엄마

95세 할머니가 돌아가시기 직전
자식들이 물었어
'어머니! 지금 누가 제일 보고싶어요?'
...
엄마

시골집에 가자마자 엄마가 어디 아프냐고 물었어. 자기가
낳은 자식의 불편이 금방 느껴지는 모양이었어. 아침부터
귀가 계속 멍하다고 했더니, 명태를 삶아 작은 항아리에 담
고, 그 위에 수건으로 똬리를 튼 다음, 귀를 대고 있으라고
하셨어. 똬리 사이로 낸 구멍으로 수증기가 올라와 귀를 적
셨어. 뜨겁다고 하자 똬리 위에 당신의 두 손을 모은 다음,
그 위에 귀를 대보라고 하셨어. 당신도 뜨거울 텐데 한사코
손을 놓지 않았어. 늙고 거친 엄마의 손 틈 사이로 올라오
는 김을 쐬면서, 나는 아직도 어린 자식임을 생각했어.

♣ 엄마의 사랑은 끝이 없다(에밀리 디킨슨)

234

■ 보름달

달이 뜬 날은 그래도 괜찮았어
아주 깜깜한 밤도 많았으니까

엄마는 옷 보따리 이고, 나는 엄마 머리 위에서 덜어낸 곡
식 자루 지게에 지고, 논둑길, 밭둑길, 탱자나무 과수원 길
을 따라 말없이 걸어서 집으로 왔지. 처음에는 힘에 부쳐
몇 번씩 넘어지기도 했고, 길이 참 멀기도 했지. 그때마다
말없이 동행이 되어주던 보름달! 우리 아이들이 커서 그맘
때의 내 나이를 넘어선 지금, 그날의 달도 이제 나만큼 나
이가 들고, 저 혼자 고민하며 늙어가고 있을까? 새끼 없는
달을 보니, 나보다는 조금 낫겠다. 그 시절 나는 엄마에게
유일한 희망이었어. 내가 보름달이었어. 미안해요. 엄마!

♣ 엄마는 모든 사람의 첫 번째 선생님이다(리처드 와트슨 딕슨)

235

■ 아버지

문득 가게 유리창에 비친
울 아부지 모습, 내 모습

길을 걷다 무심하게 어떤 가게를 쳐다볼 때가 있어. 그때
문득 유리창에 비친 아버지 모습을 보고 놀라게 돼. 내 모
습이 아닌 아버지 모습. 자세히 보면 내가 맞는데, 왜 잠깐
아버지 모습이 보였지? 내 모습 어딘가에 아버지 모습이 있
는 걸까? 아버지 3살 때 돌아가셨다는 할아버지 초상화를
보았더니 아버지와 비슷했어. 큰 애 어릴 적 사진을 보면,
내 어릴 적 모습이 잠깐 보여. 남들이 닮았다고 해. '닮았다'
는 말에서 꾸역꾸역 이어지는 핏줄의 선명함을 느껴. 나는
돌에서 나온 손오공처럼 근본 없는 자식은 아닌 것이지.

♣ 좋은 아버지는 백 명의 교사보다 더 가치 있다(조지 허버트)

■ 생일날 딸들에게

오늘 너희가 누리는 풍요는
할아버지, 할머니 세대의
피와 땀 덕분임을 잊지 말거라

할아버지, 할머니 세대는 고생을 많이 하셨어. "엄마! 엄마!
뭐하러 나를 낳았는가? 나를 낳았으면 글공부나 시켜주지,
무엇 하려고 일공부를 시켜서 이 고생을 시키는가?"와 같은
마음이 간절했지만, 자식들만은 잘 가르치겠다는 일념으로
뼈 빠지게 일한 할아버지, 할머니 세대 덕분에, 아빠 세대
는 공부를 했고, 너희 세대는 지금처럼 좋은 환경에서 살고
있는 것이지. 우리나라 1만 년 역사상 지금보다 더 풍요로
운 순간은 없었다는 것을 잊지 말고, 할아버지 할머니께 전
화라도 자주 드려라! 아빠가 바라는 선물은 그것뿐이다.

♣ 할아버지와 할머니의 사랑은 세대를 이어 전해지는 가장 큰 선물이다
   (미상)

■ 사표 쓰던 날

지금 너처럼 아빠도
회사에서 사춘기인가 봐

어이없이 사표를 내고 귀가한 날, 큰 애는 인사도 없이 제 방으로 들어가 버렸어. 조금 있으면 배고프다며 먹을 것을 찾겠지? 아빠에게 무슨 일이 있는지보다는, 냉장고에 뭐가 있는지가 더 궁금한 것이지. 오늘은 군것질거리를 사 오지 못했어. 퇴근 방송과 함께 사무실을 나와 혼자 술을 마셨지. 그리고 한 시간 뒤에 돌아와 사표를 쓴 후, 상사의 책상 위에 올려놓고 나왔어. 얼마간 자유인이 될 거야. 내 마음 대로 살면서, 늦은 밤이면 아내 대신 학원에서 돌아오는 딸아이 마중 나가, 딸과 함께 신발을 질질 끌며 돌아올 거야.

♣ 끝이 있어야 새로운 시작이 온다(윈스턴 처칠)

■ 수능

수능은 당사자뿐 아니라
많은 사람을 시험에 들게 해

시험이 끝나고 다른 애들은 다 나오는데, 우리 애만 나오지 않아 '울면서 나오면 어쩌나' 걱정을 했어. 아이가 웃고 나왔고 전 과목 다 잘 본 것 같다고 해서 다행이다 싶었어. 내가 학력고사를 치를 때도 똑같은 마음이었을 부모님께 전화를 드렸어. 자식을 낳아봐야 부모의 마음을 알 수 있는 모양이야. 집 근처에 도착하니, 하루 종일, 아니 1년 내내 가슴 졸이며 살았을 짠한 아내가 기다리고 있었어. 아내가 딸아이를 꼭 껴안아 주었어. 가슴이 뭉클했어. 하느님, 신령님, 하늘에 계신 할머니, 선생님, 모든 분들 감사합니다!

♣ 시험은 인생의 일부일 뿐, 전부가 아니다(빌 게이츠)

■ 기도

> 최선을 다하지 않고 기도만 하면
> 하느님도 당황하실 걸

작은 애를 고사장에 내려준 후, 아비가 뭐라도 해야 할 것
같아 가까운 절을 찾아 108배를 하고 회사로 갔어. 안 하던
짓을 하니까 하루 종일 다리가 후들거렸지. 아마 부처님도
당황하셨을 것 같아. 뜬금없이 찾아와 절을 하니 놀라셨을
수 있지. 회사에서도 순간순간 기도를 했어. 집사람도 회사
에서 그렇게 했다고 그래. 저녁때 평소보다 일찍 퇴근해 고
사장 앞에서 기다리면서 마지막까지 최선을 다할 수 있도록
도와달라고, 하느님께, 부처님께, 신령님께 기도를 했어.
지푸라기라도 잡고 싶은 심정이 그런 것임을 알았어.

♣ 기도는 영혼의 호흡이다(마더 테레사)

240

▪ 대학입학

Be Free!
자유로운 인간이 되어라

작은 애가 대학 후배가 됐어. 학교 교훈은 '진리가 너희를
자유케 하리라.' 내가 대학 1학년 때는 교정에 있는 독수리
상을 보며, '저놈의 독수리를 잡아먹고 말겠다'는 생각을 했
어. 하지만, 4학년이 되어서는 그 독수리를 떼어서 날려 보
내고 싶은 생각이 들었지. 진리는 배우는 것이 아니라 가슴
으로 느끼는 것이기 때문이지. 4년 동안 공부도 열심히 해
야겠지만, 더 넓은 세상을 알고, 나보다 더 어려운 이웃들을
생각할 줄 아는 사람, 훌륭한 인격을 갖춘 사람으로 거듭나
길 바라며, 이제 시작인 작은 애의 날갯짓을 응원해.

♣ 배움의 문을 연 순간, 세상은 더욱 넓어진다(넬슨 만델라)

■ 너답게 살아라

서당개도 3년이면
풍월을 읊는단다

중학교에 들어간 큰 애가 물었어. "아빠! 나 미술 하면 안
돼?" "당연히 되지. 아빠랑 같이 홍대 앞 미술학원에 가보
자" 그러곤 미술 학원을 찾아 등록했던 일이 엊그제 같아.
이제 큰 애는 제 또래에서는 꽤 유명한 세라믹 아티스트가
되어 흙을 빚어 생명을 불어넣는 일을 하고 있지. 공부 잘
하던 애를 미술을 시킨 건 20년, 30년을 근무해도 아무 전
문가도 아닌 채로 회사 문을 나서야 하는 일반적인 직장인
의 삶이 싫어서였지. 실력을 키우고 배움을 늘려서 언젠가
는 한 분야의 전문가로 우뚝 설 수 있기를 간절히 기원해.

♣ 다른 사람이 아닌, 온전히 너 자신이 되어라(프리드리히 니체)

5   나누는 인생

■ 마흔즈음에

엄마의 잔소리가 나를
서울대로 이끌었다는 말
몇 번이나 들어봤니?

일상에서 오고 가는 말의 삼분의 일은 노파심(老婆心)에서 나온 말 같아. 노파심이 뭐냐고? 늙은 할머니처럼 필요 이상으로 남의 일을 걱정하고 염려하는 마음이지. 다 맞는 말인데, 귀찮고 짜증 나는 말, 한마디로 말하면 '잔소리'. 경찰관 친구가 동창회 방에 썼어. "집에서는 마누라 잔소리, 직장에선 상사의 잔소리, 교회가면 절대자의 잔소리, 책을 펴도 현인들의 질책 소리…. 이미 다 커 버려 더 클 것도 없는데, 어디로 가나 나를 탓하는 소리뿐. 둘 곳 없는 이 마음 밤하늘에 풀어 놓는다"라고…. 내 마음도 그와 같았어.

♣ 노파심은 사랑의 또 다른 이름이다(미상)

■ 기댐에 대하여

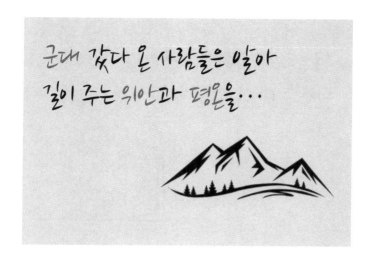

다시는 찾지 않겠다고 다짐했던 길들을 걷고 싶을 때가 있어. 낙동강 방어선 200km 시골길, 그보다 더 힘들었던 철책길, 비무장 지대의 수색로, 매복로 그리고 북한강 꼭대기 주변으로 모여든 대책 없이 험난한 길들. 그 길에 서면 내 젊음과 명예를 다시 찾을 수 있을 것만 같아. 오랜 행군 도중, 아무렇게나 널브러져 잠들었던 곳, 눕는다는 게 그렇게도 행복했던 순간들. 군대를 다녀온 사람들의 어깨는 그 길가 맨땅에 기대어 느꼈던 위안과 평온을 기억하고 있지. 그 기억처럼 결혼은 '서로 기대고 싶어서 하는 것' 아닐까?

♣ 인생은 서로에게 기대며 살아가는 것이다(헨리 나우웬)

■ 아내의 등

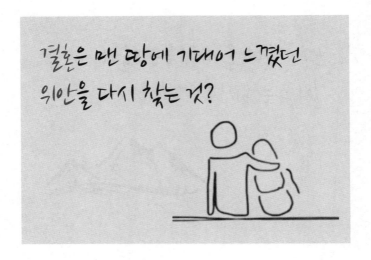

> 결혼은 맨 땅에 기대어 느꼈던
> 위안을 다시 찾는 것?

힘든 일 때문에 어깨가 처질 때마다 그냥 맨땅에 누워 보고 싶어. 하루의 피로를 땅에 기대고 싶고, 그날을 위로받고 싶지. 언젠가 한 번, 그 길을 찾았어. 무심결에 기대어 본 아내의 등이 그 길과 같다는 것을 알게 됐지. 그저 기대기만 하면 언제든 용서하고, 위로하고, 사랑을 채워 줄 것 같은 그런 곳 말이야. 힘겨운 일주일을 보내고 다시 맞은 금요일! 오늘은 퇴근을 하고 집에 가면, TV를 보고 앉아 있을 아내 뒤로 돌아가, 살며시 등을 기대 보려고 해. 그러면 아내는 정색을 하며 말하겠지? "새삼스럽게 뭔 염병이야?"

♣ 부부는 서로의 짐을 나누어 지는 사람들이다(칼릴 지브란)

■ 가수

몸은 사라졌어도
그 목소리는 지금도 내 곁에

엘비스 프레슬리의 집에 갔을 때, 수많은 음반과 트로피를 좌우에 거느리고 걸려 있던 그 유명한 나팔바지와 재킷을 보는 순간 눈물이 나올 뻔 했어. TV에서 보았던 빛나는 의상은 그대로인데, 정작 그 안에 있어야 할 사람이 없었어. 위대한 스타 이전에, 한 인간이 완전히 사라져버렸다는 사실이 가슴을 아프게 했어. 오래 전에, 어느 가수의 노래를 들으며 '가수는 참 좋은 직업'이라고 생각했어. 몸은 사라졌지만 목소리는 남아, 언제까지나 사람들 마음을 울려줄 것 같았거든. 엘비스 프레슬리의 집에서도 같은 생각이었어.

♣ 노래는 감정을 담는 가장 아름다운 그릇이다(플라톤)

■ 그리움

그리워하고 싶어도
그리워할 기억이 없다면
너무 슬픈 일이지

육체는 껍데기에 불과하고 영혼은 영원한 것이어서, 육체
가 없어도 영혼의 소리는 그대로 살아있는 것일지 몰라. 떠
나간 가수의 노래가 더욱 가슴을 저미는 것은 육신을 벗은
순수한 영혼의 소리이기 때문인지도 몰라. 하지만 살아 있
는 동안은 사랑하는 사람들과 잘 지낼 일. 나 죽은 뒤, 존재
만으로도 가슴이 뜨거워지는 가족들은 물론, 나를 알고 지
내던 사람들만이라도, 조금은 아쉬워할 정도로 살고 싶어.
아무런 연고 없는 사람도 떠나고 나면 보고 싶은데, 나를
'그리워하고 싶어도 그리워할 기억이 없어'서는 안 되겠지.

♣ 그리움은 마음 속에 피어나는 한 송이 꽃이다(미상)

■ 가을앓이

가을이 오니 무담시 부끄러워져. 땅에서 받은 것보다 더 많은 것들을 내놓은, 청빈한 나무들조차 부끄러워 몸을 붉히는 가을! 올해도 벌써 10달이 다 지나가는데, 마음이 편치 못해. 특별히 이룬 것, 얻은 것, 나눈 것이 별로 없다는 생각 때문이지. 그리고 그런 생각이 드는 것 자체가 또 부끄러워. 위안이라면 별 탈 없이 또 한 해를 살아내고 있다는 것? 열심히 일하고 있고, 가정도 평안하다는 것? 궁핍한 소유와 풍성한 존재 사이에서 갈팡질팡 하는 사이, 가을은 깊어가고, 만장을 펼친 듯한 단풍이 온 산에 너울거렸어.

♣ 가을은 아름답지만, 이별을 담고 있다(알베르 카뮈)

11월

때가 되면
낯선 곳에서 아침을 맞자

매년 이맘때면 심한 갈등을 겪어. 삶에 대한, 직장생활에 대한, 자신에 대한 불만들이 불쑥불쑥 튀어 나와. 몇 년 전 11월, 싸늘한 바람을 느끼며 생각했어. "삶이란 이렇게 춥고 쓰라린 것인데, 온실 속에서 너무 오랫동안 안주해 왔구나"라고 말이야. 그래서 자원해서 지방의 영업 현장으로 내려갔어. 집 떠나면 바로 고달픈 것처럼, 익숙한 생활을 접고 낯선 곳에서 마주한 생활이 쉽지는 않았어. 하지만 많이 배웠어. '목표, 경쟁, 고통, 좌절, 희망, 성장' 그런 것들과 더불어 삶에 대한 인식의 경계가 많이 넓어진 것을 알았어.

♣ 11월은 한 해를 정리하는 마음의 계절이다(에밀리 브론테)

■ 추억

생각만으로도 팔베개 하나쯤
언제든 얻어 벨 수 있는 것

짧지도 길지도 않았던 영업 현장 근무에서 돌아와 다시 맞은 11월. 무엇이든 지나간 일들은 소중한 추억이 되는 것 같아. 그때는 그렇게도 절박했던 고통이나 슬픔은 모두 탈색되어 버렸고, 이제는 소유할 수 없는 하나의 아쉬움만 남았어. 그때 오가던 거리며, 함께했던 사람들, 함께 나누던 쓸모 있거나 없는 이야기들, 때론 나를 버리고자 혹은 되찾고자 찾았던 일탈의 현장들. 이젠 다른 곳에 있지만, 언제든 삶이 힘겨울 때면, 생각만으로도 팔베개 하나쯤 얻어 벨 수 있을 것만 같은 그 시절 치열했던 삶이 많이 그리워.

♠ 시간은 흐르지만, 마음속 계절은 머문다(무라카미 하루키)

■ 다시 11월

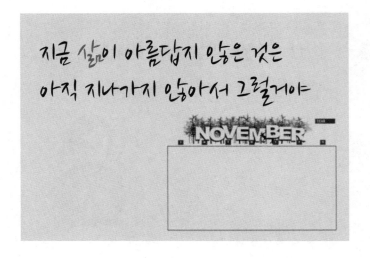

지금 삶이 아름답지 않은 것은
아직 지나가지 않아서 그럴거야

직장생활이 깊어지고, 그때처럼 다시 찬바람이 불고 낙엽이 지고 있어. 추수 끝난 뒤 논밭에 뒹구는 이삭처럼, 주류가 되지 못하고, 사라져 갈 것만 같은 불안감이 엄습해 와. "오늘이란 지나가 버려야 비로소 아름다워지는 것인지. 내일이면 또 웃고 말 오늘 하루를 왜 이리 호들갑을 떨며 살고 있는지. 왜 남들은 그러지 않는데, 나만 혼자 이러고 있는지." 나는 내가 미워 죽겠다고, 마냥 되뇌면서도 뛰쳐나가지 못하고, 신발 끈만 매만지고 있어. 그냥 돌아서면 넓은 공간인데, 굳이 유리창만 고집하는 파리의 몸부림처럼…

♣ 고민은 더 나은 결정을 내리기 위한 생각의 시간이다(아리스토텔레스)

■ 12월에

창대한 시작보다
아름다운 마무리가 낫지 않을까?

농구 황제 마이클 조던은 팀이 어려울 때, 특히 마지막 4쿼터에 맹활약을 펼치는 경기가 많았는데, 매스컴에서는 조던의 슛이 폭발하는 4쿼터 마지막을 5분을 '조던타임'이라고 불렀어. 1년을 농구 경기로 치면, 10월에서 12월이 4쿼터가 되고, 마지막 5분은 12월 18일경부터인데, 그냥 12월을 조던타임으로 삼아도 좋을 것 같아. 12월이면 너무 늦었다 싶어 포기하고 싶은 마음이 들기 쉽지만, '아무리 늦은 시작은 없다'고 하지. 1년의 마지막 달, '절대로 포기하지 말자(Never Give Up)'를 모토를 삼아 끝까지 분발하면 어떨까?

♣ 마무리가 좋아야 시작도 아름답다(톨스토이)

■ 자연의 질서

자연의 질서를 압축하면
삶과 죽음, 두 가지

KTX를 타고 조문 가는 길. 김제 벌판에서 해가 졌어. 산자락에 걸려 있던 해가 사라지는 순간, '메롱'하며 내밀었다가 얼른 혀를 감추는 아이들의 천진난만한 표정이 떠올랐어. 세상은 그렇게도 천연덕스러웠는데, 둘째 이모부가 떠나셨어. 몇 년 전 큰 이모 내외가 돌아가셨고, 이번에는 이모부가 돌아가셨어. 아버지, 어머니 세대가 약간의 시차를 두고 한 분, 두분 사라져 가는 것이야. 그 사이 자식들은 나이가 들고, 손자, 손녀들은 부쩍 자라났어. 인생의 보이지 않는 곳에 자연스러운 질서가 도사리고 있다는 것을 알았어.

♣ 자연은 서두르지 않지만, 모든 것을 이룬다(노자)

■ 깊은 인연

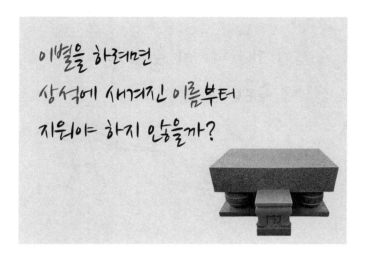

이별을 하려면
상석에 새겨진 이름부터
지워야 하지 않을까?

이모부가 새집을 얻었어. 조금 있으면 그 앞에 상석(床石)이 놓일 거야. 산소 앞 상석에 새겨진 글자를 보면, 언제 태어나서 언제 돌아가셨고, 자식이나 손주들이 몇이나 되는지 금방 알 수 있고, 호적보다 깊게 새겨진 인연들을 발견하게 돼. 누구의 이름 아래 자식으로, 며느리로 함께 새겨진 이름들이 이혼을 하고 이별을 고하는 일은 없어야 할 것 같아. 떠나려면 그 상석에 새겨진 이름부터 지우고 해야 할 일. 돌에 새긴 이름이라 지우기가 쉽지 않아. 한 번 맺으면 끊기 힘든 인연의 골이 참 깊고도 무섭다는 생각이 들어.

♣ 진정한 인연은 거리를 두어도 변하지 않는다(마더 테레사)

▪ 단순한 사실

이모부를 잃었고 한 세대를 보냈어. 다음은 우리 부모님 차례가 될 것만 같아 슬펐어. 여러 가지 생각이 들었어. 시간이 지나 나이가 들면 늙고, 늙으면 죽는다는 것, 인생은 그렇게도 단순한 것을… 집으로 돌아와 자고 있는 작은 딸 볼에다 힘껏 뽀뽀를 하고, 공부하고 있는 큰딸 방으로 가서 머리를 쓰다듬어 주었더니, 싫다며 손을 뿌리쳤어. '웬수 같은 딸! 아빠 마음도 모르고….' 조금 서운한 마음이 들었지만 할 수 없었어. 인생이란 것이 다 그런 것. 알 만하면 떠날 시간이 오는 것. 부모님께 전화라도 자주 드려야겠어.

♣ 진리는 늘 단순하다(레오 톨스토이)

■ 돌고 도는 물

물은 보통 액체 상태지만, 차가워지면 고체인 얼음이 되고, 뜨거워지면 기체로 변해 대기 중에 흩어져. 구름은 기체가 아니라 액체야. 기체는 눈에 보이지 않거든. 물은 태양 에너지에 의해 증발되어 구름이 되었다가 다시 바다로 떨어지고, 일부는 비나 눈이 되어 육지에 내리지. 물은 끊임없이 고체와 액체와 기체 상태를 왔다 갔다 하는데, 이런 과정을 물의 순환이라고 해. 물은 순환을 통해 영양분과 열에너지를 이동시켜 생태계가 유지되도록 만들어. 그런 과정 속에서 새 생명이 태어나고 헌 생명은 죽는 것이지.

♣ 물이 돌고 돌 듯, 인생도 흐른다(라오쯔)

▪ 사람도 물

사람의 신체는 대부분이 물이야. 몸속에 지니고 있는 물의 양은 70~90% 정도라고 해. 어린아이는 90%, 늙고 야윈 노인은 60% 정도가 물이라고 하지. 우리 몸속의 물이 적정량보다 5%만 부족해도 혼수상태, 12%가 부족하면 죽음에 이른다고 해. 어느 개그맨이 묘비명에 '힘든 세상, 힘들게 태어나, 힘들게 살다가, 힘 빠져 간다'라고 쓰겠다고 했는데, 그보다 '물로 태어나 물처럼 살려고 애쓰다가 물 빠져 간다'라고 적어야 하지 않을까? 그리고 요즘은 '화장'이 대세인데, 화장을 하면 우리 몸 속에 있던 물은 어디로 가는 걸까?

♣ 우리는 모두 흐르는 존재다(틱낫한)

258

■ 몸 속의 순환

내 몸 속의 물은
5~6일이면 다 바뀐다

물의 순환 시간은 대기 중에서 9일, 강에서는 12일에서 20일, 호수에서는 50년에서 100년, 바다에서는 3,200년이 걸린대. 또, 우리 몸속에서 물의 순환 시간은 약 5~6일이래. 내 몸속에 있던 물은 배출이 되면 땅속으로 스며들어 지하수가 되고 개천이 되고 강이 되고 바다가 될 거야. 그리고 하늘로 올라가 구름이 되었다가 비나 눈이 되어 내린 후 취수장으로 모여 수도관을 타고 다시 내 몸속으로 들어올 거야. 살아있는 동안 이 과정이 계속 되풀이되다가 죽고 나면 내 몸속에 있던 물은 또 누군가의 몸속을 돌고 돌 거야.

♣ 건강한 몸은 조화로운 순환에서 온다(히포크라테스)

■ 서로 사랑하라

우리는 과거에도 함께 흘렀고
현재도 함께 흐르고 있고
미래에도 함께 흐를 물

물의 순환을 생각하면 내 앞에 있는 한 컵의 물이 얼마나 많은 사람들의 몸속을 흘렀고 또 흐르게 될 물인지 몰라. 그렇다면 과거 세대와 미래 세대 그리고 동시대의 사람들까지 모두 다 얽히지 않음이 없지. 또, 우리 곁에 있는 풀 한 포기, 꽃 한 송이까지 나와 관계되지 않은 것이 없지. 모든 생명체는 과거에도 함께 흘렀고, 현재도 함께 흐르고 있고, 미래에도 함께 흐를 물이니까? 그래서 지금은 '각자의 신체'라는 용기 속에 담겨 있지만, 어차피 다시 섞여 흐를 물이니 미리 깨끗한 흐름이 되어 서로 사랑하면 좋지 않겠니?

♣ 사랑하라, 그것이 인생의 전부다(빅터 위고)

■ 물처럼 살자

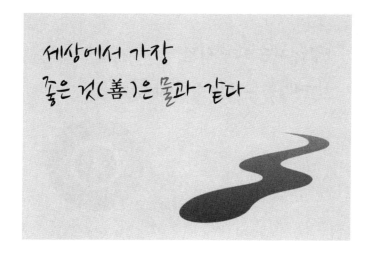

세상에서 가장
좋은 것(善)은 물과 같다

물은 만물을 기르고 좋은 일을 하지만 나를 알아달라고 보채지 않아. 자신을 내세우지 않는다는 것. 물은 사람들이 싫어하는 낮은 곳으로 흘러 개천이 되고 강이 되고 마침내 바다가 돼. 겸손하다는 것. 물은 고정된 형체가 없고, 경직된 모습이 아니기 때문에 어떤 그릇에도 담길 수 있어. 그래서 다툼이 없어. 또, 물에는 모자란 곳은 반드시 채우고 흐르는 넉넉함이 있고, 세상을 깨끗하고 아름답게 만들어. 그래서 노자는 도덕경에서 '상선약수(上善若水)'라고 했어. '가장 좋은 것(善)은 물과 같다'는 말이지. 물처럼 살아야 해.

♣ 물은 다투지 않고도 모든 것을 이긴다(노자)

■ 마감

영원히는 아니지만
함께할 수 있어 고마웠어

오늘은 8월을 마감하는 날. 장례식에서 사람들이 모여 떠난 이의 삶을 회고하고 작별을 고하듯이, 한 달 동안 나를 살아 숨쉬게 한 8월에게도 그렇게 해야 할 것 같아. 로버트 풀컴은 『나의 장례식에 놀러 오실래요?』라는 책에서 죽음은 '한 인간이 삶을 마감하는 하나의 축제의 장'이라고 했어. 그 말이 맞는 것 같아. 죽음을 슬퍼할 게 아니라, 자신에게 허락된 시간만큼 잘 살아내고 떠난 사람을 칭송하고, 그간의 고마움을 표시하는 것이 마땅할 것 같아. 그런 의미에서 내일이면 다시 오지 않을 8월에게 고마웠다고 말하고 싶어.

♣ 끝맺음이 좋아야 모든 것이 아름답다(에픽테토스)

■ 친구를 기리며

이왕 돌아가실 것
죽도록 일이나 하다가 갈까?

'생은 물거품 하나가 일어나는 일, 죽음은 그것이 꺼지는 것'이라더니 어이없이 친구를 보냈어. 바이러스에 걸려 데 려갈 순서가 엉망이 되어버린 것은 아닌지. 하늘에 삿대질 이라도 하고 싶었어. 오기가 생겼어. '더 많이 사랑하고, 건 강 챙기고'가 아니라 '불확실한 세상에 100% 확실한 것은 죽음뿐'이고 '삶은 오랜 여행 끝에 평평해진 낙타의 혹 같은 것'이니, '어차피 갈 것, 죽도록 일이나 하다 가자'는 생각이 들었어. '코브라를 한 마리 키우다가 더 이상 삶이 의미 없 다고 느껴지면 조용히 손을 물릴까?' 하는 생각도 해봤어.

♣ 진정한 친구는 시간이 흘러도 변하지 않는다(아리스토텔레스)

■ 21그램

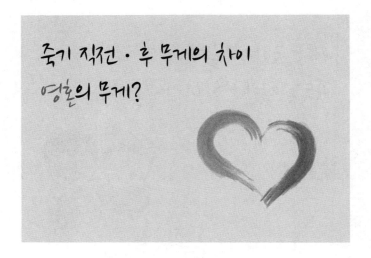

죽기 직전·후 무게의 차이
영혼의 무게?

죽기 직전의 무게와 죽은 직후의 무게를 측정한 어느 실험에서 그 차이가 21그램이었다고 해. 21그램이 '영혼의 무게'인가 봐. 하늘나라에 안착했을 친구의 21그램에는 나와 다른 친구들에 대한 추억이 조금은 담겨 있을 거야. 하지만 지금 나의 21그램 속에는 친구에 대한 그리움만 꽉 차 있어. '만고의 양약(良藥)은 시간 뿐'이니, 점차 나의 21그램에서 그 친구가 차지하는 비중은 줄어들겠지만 없어지지는 않을 거야. 다음 세상에 더 좋은 인연으로 만나길 바래. 간다는 말도 없이 떠나버린 그 친구가 보고 싶어 죽겠어.

♣ 인간의 영혼은 무게보다 깊이로 남는다(파울로 코엘료)

■ 행복지수

적은 소유로도 행복하다면
욕망이 적은 것은 아닐까?

$$행복지수 = \frac{소유}{욕망}$$

행복지수는 소유를 욕망으로 나눈 것이지. 소유가 많지 않아도 행복하다면, 그 또한 좋은 일이지만, 욕망이 너무 적은 것 아닐까? 또, 내가 행복하니 자녀들 또한 그렇다고 할수 있을까? 가을 하늘의 높이는 부모의 책임의 크기, 가을 들판의 넓이는 부모가 들이는 정성의 깊이와 같을 수 있어. 작은 행복에 만족하지 말고, '부모의 눈높이가 아이들에게 유전된다는 것'을 생각해 봐. 오늘보다 나을 내일의 목표를, 가을 하늘보다 한 뼘만 더 높게 그려 봐. 그리고 가을 들판보다 더 넓은 마음으로 자녀들을 아끼고 사랑해 봐.

♣ 행복은 비교가 아니라 만족에서 나온다(달라이 라마)

■ 가을 사랑

사랑은 사랑을 위해
자신을 바치는 자의 것이래

가을 하늘 처럼 높은 눈높이를 가져 봐. 가을에는 하늘이 높고 말은 살찐다는데, 혹시 엄마 아빠의 눈높이가 낮아서 아이들의 장래가 굶주리고 있는 것은 아닐까? 가을 들판의 이야기를 들어 봐. 가을 들판은 쌀(米) 한 톨을 얻기 위해 모내기부터 수확까지 수없이 오간 농부의 발자국 소리와 땀과 눈물을 기억하고 있어. '길은 걷는 자의 몫이고, 사랑은 사랑을 위해 자신을 바치는 자의 것'이라고 해. 당신의 눈높이 대로, 당신의 손길, 당신의 땀방울이 흐르는 대로, 밀알 같은 당신의 아이들이 자라나 성장하며 익어갈 거야.

♣ 부모의 사랑은 자녀에게 날개를 달아준다.(미상)

■ 유산

부모가 자식에게 주는
최고의 유산은
삶을 대하는 태도 아닐까?

농경시대에는 누군가 세상을 떠나면 땅에 묻었어. 육신이 썩어 곡식을 기름지게 하고, 그 곡식을 자식들이 먹음으로써, 그 사람은 자식들의 삶 속에 영원히 살아 있는 존재가 됐지. 요즘처럼 화장을 하면, 몸 속에 있던 물은 기화가 되어 구름이 되고, 비가 되고, 생명수가 되어 다시 자식들의 삶 속을 흐르게 돼. 삶은 일회적이 아니야. 내 삶이 끝나도 자식들의 삶은 계속 돼. 자식들에게 그동안 일궈온 유형의 자산은 물론, 부모가 인생을 스스로 계획하고 열심히 살아왔다는 무형의 자산까지 잘 물려줄 수 있어야 할 것 같아.

♣ 우리가 남기는 것은 물질이 아니라 가치다(마하트마 간디)

■ 문학관

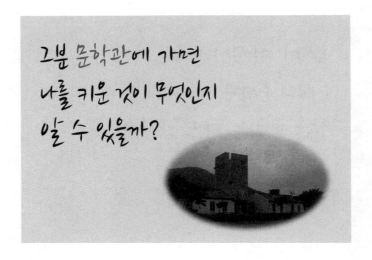

그분 문학관에 가면
나를 키운 것이 무엇인지
알 수 있을까?

서정주 시인은 '나를 키운 것은 8할이 바람이었다'고 했어. 그 바람을 찾아 길마재를 헤매다가, 허파에 바람만 들어 돌아왔어. 그분 문학관에 견학 온 아이들이 많았어. 옛날에는 갯벌이 키워내는 조개알 같은 아이들이 마당을 가득히 채웠을 법한 학교가 문학관으로 바뀐 후 그분은 단 한 사람 뿐인 그 학교 선생님이 된 것이지. 사후 새로운 생명을 얻었다고 할까? 문학관에는 그분의 일생이 펼쳐져 있었어. 그분이 쓴 시는 물론, 생전에 사용하던 물건들까지. 그분이 남기고 간 사리는 아닐런지. 생명 없는 것들에게서 불멸을 보았어.

♣ 문학은 삶을 비추는 거울이다(오스카 와일드)

▪ 시를 읽자

문학관에서 액자에 담긴 시들을 소리 내어 읽어 보았어. 시는 '읽고, 보고, 느끼고'가 생명이지. 먼저 잘 읽어야 해. 그럼 자연스럽게 그림이 그려져. 노래는 불러야 제맛이듯이, 시는 큰 소리로, 때로는 다정다감하게, 때로는 격정적으로 소리 내어 읽어야 제맛이지. 오다마 사탕을 맛나게 빨아먹는 어린 아이 같다고 할까? 오감을 전부 동원해, 맛을 음미하고 그 달콤함에 전율을 느끼는 것이지. 또, 그것은 떼창과도 같은 시에 대한 동참이고, 시인과의 격의 없는 어우러짐이며, 시인과 나 사이의 벽을 해소하는 살풀이인 것이지.

♣ 시는 영혼의 음악이다(에밀리 디킨슨)

■ 충동

하고 싶은 일이 생기면
해서는 안 되는 짓만 빼고
다 해봐!

내가 나한테 물어보았어. 너를 키워 준 것은 무엇이냐고…
곰곰이 생각해 보니 아주 가까운 답이 하나 나왔어. '충동!'
충동적으로 생각하고 일을 저지르며, 진지하지 못하고 경
솔한 것. 시인은 '초록이 지쳐 단풍이 든다'고 했는데, 나는
충동에 지쳐 후회가 드는 점이 많았어. 하지만, '세상은 가
도 가도 부끄럽기만 하더라, 그러나 나는 아무것도 뉘우치
지 않을란다'고 했던 그분 말씀에서 힘을 얻어, 더 열심히
살지 못해 부끄러운 오늘을 비껴가려고 해. 실수하고 반성
하고 또 실수하고 반성하고…. 그것이 인생이니까.

♣ 충동을 다스리는 것이 성숙이다(조지 버나드 쇼)

■ 위문편지

삶은 살아가는 것이 아니라
살아내는 것이다

잘 지내고 있지? 추운 날씨에 고생이 많겠구나. 엊그제, 시골 다녀오는 길에, 논산 근처를 지나며 네 생각을 했고, 얼마나 힘들까 걱정도 했단다. 그런데 '삶은 살아가는 것이 아니고, 살아내는 것'이라는 생각이 드는구나. 하느님이 주신, 꼭 그만큼의 인생을 내가 잘 살아내야 하는 것이지. 아마 우리나라 하느님은 그 인생 안에 군대 생활도 넣어 주신 것 같구나. 그래도 하느님은 감당할 수 있을 만큼의 시련만 주신단다. 남들도 다 하는 일인데, 네가 못할 리 없지. '나도 할 수 있다'는 마음으로 즐겁게 생활하기 바란다.

♣ 진심 어린 한마디가 누군가의 하루를 바꾼다(헬렌 켈러)

■ 인내

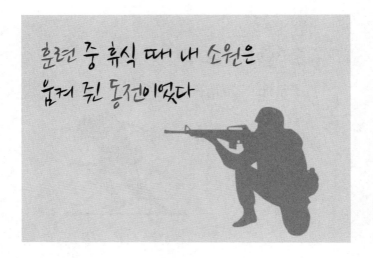

훈련 중 휴식 때 내 소원은
숨겨 둔 동전이었다

내가 군에서 훈련을 받을 때는 유일하게 불이 켜져 있는 화장실 벽에 대고 밤마다 아내에게 편지를 썼어. 위병소 옆에 공중전화기가 있었는데, 혹시나 싶어 늘 동전을 가지고 있었지만 한 번도 전화는 했어. 그때는 단 1분이라도 아내에게 전화를 하는 것이 소원이었지. 소위 임관 후 최전방 수색대대에서 3년 동안 복무했는데, DMZ 수색, 매복은 물론 훈련이나 작업 때마다 솔선수범하려고 노력했어. 우리 소대원들 한 명씩 전역할 때마다, 막사 뒤에 숨어 눈물도 많이 흘렸지. 힘들었지만 그보다 보람이 많았던 시간이었어.

♣ 참는 자에게 좋은 날이 온다(공자)

■ 행복

사람은 행복하기로
결심한 만큼만 행복한 법이지

군대에서 배울 수 있는 것은 많단다. 나는 지금도 리더십을 떠올리면 옛날 우리 중대장님을 생각해. 남자들 간에도 사랑할 수 있다는 것도 군대에서 배웠어. 솔선수범, 팀워크, 동료애 등을 통해서 말이야. 그런 것들은 회사에서도 자주 쓰는 말들이야. 군대나 사회가 크게 다르지 않다는 것이지. 그리고 사람은 자기가 행복하다고 결심한 만큼만 행복한 법이란다. 비록 힘들어도, 행복하기로 작정하고 살면, 반드시 그렇게 되리라 믿으며, 그것이 인생의 고비 때마다 너를 지켜주는 방패가 될 거라는 것도 믿어 의심치 않는다.

♣ 행복은 순간이 아니라 과정이다(아리스토텔레스)

■ 학교

제2의 탄생은
학교에서 시작된다

사람은 누구나 소중한 추억을 갖고 있지. 특히, 학교와 학창시절은 다시금 돌아가고픈 마음의 불씨를 지피곤 해. 꼭 그곳에서만, 그 시절에만 느끼고 배울 수 있는 것들이 바로 학교에 있기 때문이지. 학교는 나와 다른 사람과의 사귐의 장이고, 평생의 뒷받침이 될 지식을 배우는 곳이며, 장래에 대한 비전과 희망을 키우는 곳이지. 친구들과 함께 서로의 미래를 꿈꾸어 주고, 스승을 만나 지혜, 권위, 질서를 배우며, 평생을 좌우할 삶의 방식을 익히고, 젊은 날의 소중한 감동을 만들어 가는 곳이기도 해. 공부가 전부는 아니지.

♣ 학교는 단순한 건물이 아니라, 꿈이 자라는 곳이다(넬슨 만델라)

■ 후배들에게

학교에서 익혀야 할 것은 두 가지. 첫 번째는 정신적, 육체적 건강. 두 번째는 근면한 태도 아닐까? 건강하다는 것은 육체적인 건강과 더불어 이웃과 세상에 대한 긍정적인 시각을 갖는 것이야. 그리고 부지런하다는 것은 삶에 대한 성실성, 다시 말해 게으름을 피우지 않고, 늘 새로운 것을 배우고 익히는 것을 말해. 시험은 벼락치기로 잘 볼 수도 있지만, 건강과 부지런한 태도는 오늘, 내일 사이에 익혀지지 않아. 학교에서 최소한 이 두 가지만 잘 익혀두면, 인생 어느 시기에서든 반드시 성공할 수 있는 기회가 오리라고 봐.

♣ 너희의 오늘이 우리의 내일보다 빛나길 바란다(미상)

▪ 동문

학교 문을 나서면
동문(同門)이라는
새 문이 열린다

학교는 선후배가 만날 수 있는 매개체야. 오랜 세월이 흘러
도 후배들이 있는 그 자리에는 선배들이 남기고 간 흔적이
남아 있고, 후배들 또한 그런 자취를 남기게 될 거야. 그런
면에서 선배 세대와 후배 세대는 많은 시차에도 불구하고,
모교라는 공통분모 안에서 그러한 흔적과 자취를 통해 늘
만나고 있는 것이며, 서로를 격려하고 있는 것이지. 우리가
항상 마음으로 공유하는 우리의 모교에서, 더 많이 서로 배
려하고, 더 많이 배우고, 익혀서 '나중에 난 뿔이 더 우뚝'한
것처럼 선배들 보다 더 훌륭한 후배들이 됐으면 좋겠어.

♣ 같은 길을 걸었던 사람은 인생의 동반자다(루이 파스퇴르)

276

■ 인생

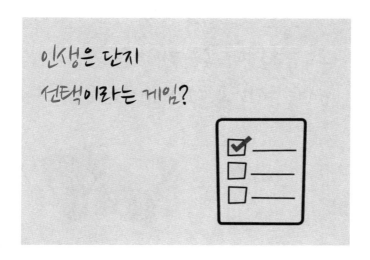

우리는 매일 선택을 하며 살고 있어. 아침에 밥을 먹고 출근할 수도 있고, 회사 근처에서 김밥으로 때울 수도 있어. 이 사소한 선택이 세계 경제에 영향을 미쳐. 김밥 한 줄을 사 먹으면 분식집은 매출이 늘고, 단무지를 공급하는 중국의 업체와 그 업체에 무를 대는 농가의 일손이 바빠져. 김밥 한 줄을 통해 우리는 이미 세계인인 셈이지. 어떤 선택을 하느냐에 따라 결과가 달라지고, 그것이 쌓여 인생이 돼. 인생 자체가 게임이야. 순간순간 선택이라는 게임에 노출되고 있어. 정답은 없고, 다양한 견해가 존재할 뿐.

♣ 우리는 선택의 결과로 만들어진다(스티븐 코비)

▪ 게임의 룰

고스톱 칠때 좋은 패라고
순서를 무시하고 먼저 치면 돼?

모든 게임에는 룰(Rule)이 있어. 국가의 룰은 법. 사람이 싫다고 때리면 안 되고, 보고 싶다고 밤 12시에 여자친구 집 담을 넘으면 안돼. 대부분의 룰은 자연의 법칙에서 와. 봄이 지나야 여름이 오고, 씨를 뿌려야 열매가 맺혀. 아이는 기어야 걸을 수 있고, 젊음이 가면 늙어. 해는 서쪽에서 뜨지 않고, 물은 낮은 곳으로 흘러. 이런 것들을 진리라고 해. 자연의 법칙이 맞는지 틀린지는 어겨 보면 알아. "이빨을 닦지 말고 놔둬라. 그러면 빠져버릴 것이다"라는 치과의 격언을 생각해봐. 어떻게 보면 진리는 굉장히 단순한 법이지.

♣ 룰을 알면, 게임을 지배할 수 있다(아인슈타인)

278

■ 변하지 않는 룰

룰이 없다면 격투기 선수도
일반인에게 질 수 있지

게임의 룰을 잘 지키면 좋은 일이 많아. 운동을 꾸준히 하면 자연스럽게 건강해져. 애정 표현을 자주 하면 부부관계가 좋아지고, 그렇지 않은 부부에 비해 더 오래 살게 돼. 공부를 열심히 하면 좋은 학교에 가서 실력 있는 친구들을 사귈 수 있어. TV 프로그램에서 어떤 여학생에게 '공부를 왜 하느냐?'고 물으니 "공부를 어떻게 하느냐에 따라 여학생은 남편의 직업이 바뀌고, 남학생은 아내의 얼굴이 달라진다"고 했어. 그 순간 인생을 너무 빨리 알아버린 것 아닌가 하는 생각도 들었지만, 이내 '그게 맞겠다'며 맞장구를 쳤어.

♣ 규칙이 없다면 자유도 존재할 수 없다(존 로크)

279

■ 패러다임의 변화

헌 신짝은 버리고
새 구두를 신어라

게임의 룰도 변해. 지금 시대는 그것이 변하는 속도가 너무
빨라. 어제의 상식이 통하지 않는다는 것이지. 성과와 무관
하게 밤늦게까지 일하는 것이 어제의 상식이었다면, 짧은
시간에도 효과적으로 일해 더 큰 성과를 창출하는 것은 오
늘의 상식이야. 오래 근무할수록 월급이 많았던 것이 어제
의 상식이었다면, 어제 들어온 사람이 10년 이상 근무한 사
람보다 연봉이 높은 것은 오늘의 상식이야. 회사든 개인이
든 이런 변화의 속도를 따라가지 못하면 죽음이야. 최소한
세상이 변하는 속도만큼은 변화해야 한다는 것이지.

♣ 변화를 거부하는 자는 미래를 잃는다(피터 드러커)

■ 변화의 수용

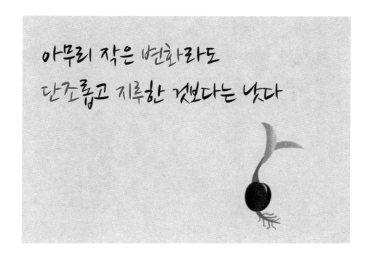

아무리 작은 변화라도
단조롭고 지루한 것보다는 낫다

모든 변화에는 저항이 따르지. 기존에 하던 대로 하면 편하니까. 바뀌면 귀찮으니까. 하지만 변화는 저항이 아닌 수용의 문제지. '누가 먼저 변화를 수용하여 남다른 무엇으로 거듭나느냐'가 관건이지. 변화에 둔감하면 서서히 끓는 물속의 개구리가 돼. 천천히 죽는다는 말이지. 기존의 룰을 파괴하고 새로운 룰을 만드는 것은 앞서가는 개인이나 조직이야. 내가 룰을 만들지 못하면 남들이 만든 룰을 따를 수밖에 없어. 그렇지 않으면 그 룰을 피해 다른 일을 하면 되는데, 이미 대세가 된 그 룰에서 벗어나기가 쉽지 않아.

♣ 변화는 피하는 것이 아니라, 적응하는 것이다(찰스 다윈)

▪ 기회를 잡을 준비

게임 룰의 변화는 위험이 될 수도 있고, 기회가 될 수도 있어. '행복과 불행은 자매'라 하듯이, 위험과 기회는 형제와 같다는 것을 'IMF 시대'가 말해줬어. 대다수 사람들에게는 나(I)도 힘들고, 엄마(M)도 힘들고, 아빠(F)도 힘든 시기였지만, 돈 가진 사람들에게는 다시 없는 기회였거든. 문제는 그것이 어떤 게임이고, 언제 룰이 변하는지 알고 있어야 한다는 것. 그 룰의 변화보다 내가 앞서 준비가 되어 있거나, 최소한 그 변화를 따라갈 정도는 되어야 기회를 잡을 수 있다는 것. 기회는 늘 준비된 자에게만 오는 법이니까.

♣ 운은 준비된 자에게만 온다(루이 파스퇴르)

▪ 날마다 새로운 시작

한 달 한 달이 계속되는 100m 달리기 같아. 한 달 동안 열심히 일한 후, 조금 쉬어도 되나 싶으면, 보이지 않는 또 다른 선 하나가 나타나. 새로운 스타트라인이야. 법정스님은 '삶은 순간순간이 아름다운 마무리고, 새로운 시작'이라고 하셨어. 또, 우리 몸속에서는 하루에도 수억 개의 세포가 죽고 다시 태어나. 그렇게 1년이 지나면 몸의 세포 대부분이 바뀐다고 해. 그런 면에서 엄밀히 말하면, 오늘의 나는 어제의 내가 아닌 것이지. 매일매일 새로운 생명을 얻어, 다시 태어나는 셈이니, 날마다 한바탕 잘 살아볼 일이야.

♣ 매일이 새로우니, 인생은 아름답다(에크하르트 톨레)

에필로그

직장인이 될 아이에게

직장은 한마디로 돈을 버는 곳인데
남의 돈을 벌기가 쉽지 않다.

오늘날 직장인이 출근하는 일은
옛날에 농부가 논에 나가는 일과 같다.

농부가 키우는 쌀(米)은 팔십팔(八十八)이란다.
88번의 과정을 거쳐야 한 톨의 쌀이 만들어진다는 것이다.

직장인에게 돈(錢)은 수많은 노력을 통해
직장이 요구하는 목표 달성에 기여함으로써 생긴다.

논에서든 직장에서든 정성이 기본이다.

1인 기업가 외에 대부분의 직장인은
다른 사람들과 함께 일을 해야 하니 협력이 필수적이다.

다른 사람들과 협력하려면 최소한
그 사람들 수준의 실력과 인격을 갖춰야 한다.

끊임없이 실력을 쌓고
더 좋은 사람이 되기 위해 노력하거라.

직장에서 돈을 버는 것은 너 자신과
앞으로 네가 꾸리게 될 가족을 위한 일이다.

유일한 빽(Back)은 가족들 뿐이지만
너 자신의 야무짐으로 당당하게 살아가거라.